Vampiro – O arquétipo do animal humano

Sinopse:

Você acredita em vampiros? Seja nas ficções, seja nas histórias medievais, seja nos romances ou seja nos terrores noturnos; no imaginário popular e ao longo dos séculos... Seja por nada disso ou por tudo isso e mais um pouco, o que nos é certo é que vampiros existem! E estão presentes nas músicas, na moda, nos filmes, nos quadrinhos e acompanha a mente coletiva desde tempos imemoriais. E foi por isso e para isso que esse livro nasceu.

Falando de nossa psique, de nossa mente, de nossa natureza e do vampiro como possibilidade que sempre fez parte da humanidade e que reside nas sombras mais profundas de todos nós. O que nos define como humanos? O que era o "mal primordial" que tentou Lúcifer, quando esse ainda era um anjo? O que nos modificou como espécie ao longo dos milênios? O que abrange no mundo a energia do vampiro? Existe um "caminho do vampiro"? A sede eterna! Tipos diferentes de vampiros... Como humanos vampirizam? Vampiros e a hipnose. É possível doar energia? As influências noturnas. Ligação entre vampiros e a magia; Segredos do sangue; Adrenochrome, o "óxido de adrenalina"; O paraíso satânico; A personalidade do vampiro e o "anti-estado de Jinas"... Te convido a entrar nessa "casa" e deixar um pouco do calor e da alegria que trouxe consigo. Seja bem vindo aos conhecimentos ocultos desse misterioso livro. E de brinde, tenha acesso a alguns conhecimentos práticos!

Índice:

Essa floresta profunda, escura e sem fim da qual você jamais escapará, essa selva fria e sem conforto do lobo faminto e do rato voraz, do verme que rasteja e da vítima que grita.
Armand – O vampiro Armand.

Cap. 1 – O que é "ser humano"?

Em quais momentos, poderíamos verdadeiramente sentir-nos "humanos"?

Alguns responderiam romanticamente que seria quando "ajudamos o próximo".

Todavia, acredito ser comum a todos nós, nesta época informatizada, já termos assistido vídeos que mostram animais salvando uns aos outros ou os ajudando em situações difíceis; logo, esse sentimento que aparentemente nos poderia definir como "humanos", também é comum às sub espécies evolutivas, mesmo que não tão requintado como é em nós, humanos.

Piedade, amor, proteção, carinho... Todos sentimentos compartilhados em comum, aos humanos e aos animais, mesmo os mais selvagens.

Todavia, não devemos esquecer que, mesmo dentre os animais, assim como em meio aos humanos existe uma grande diferença entre as presas e os predadores.

E entre os humanos, aqueles que nascem com a pré-disposição para matar e torturar animais; o que culminaria quase sempre em um assassino em potencial, imediatamente são taxados de "psicopatas", por não frearem instintos que existem em todos nós, mas que por algum motivo, acabou sendo asfixiado na gigantesca maioria das pessoas ao longo dos milênios.

Todavia, que ainda existe, dentro de nossas mais profundas sombras psíquicas e que nos fascina tanto quando é retratada, principalmente naquilo que poderíamos rotular como a sua mais sublime retratação: O VAMPIRO.

Lembro-me de assistir a uma palestra do saudoso "Ariano Suassuna", que em sua particularidade, não acreditava que os humanos pudessem ter vindo da mesma linhagem evolutiva que os símios (macacos).

Nessa palestra em particular, o mesmo se utilizando de um prendedor de roupas de madeira, afirmava que um macaco jamais teria a capacidade de criar uma invenção tão simplória quando essa, logo, que não faria sentido afirmarem que viemos da mesma linha evolutiva, porém se esquecendo que se formos observar toda a sociedade planetária no geral, a maioria das pessoas que poderíamos considerar "humanos" também não possuem essa capacidade criativa.

Como poderia, por exemplo, um humano dito "comum" inventar os sistemas televisivos capazes de fragmentar no ar imagens fidedignas de pessoas e coisas, assim como suas sonoridades e lançar a milhares de quilômetros, remontando essas mesmas imagens e sons em outro aparelho com sublime perfeição?

Logo, aproveitando essa exemplificação, poderíamos levantar questões mais profundas, por observarmos que existem diferenças, muitas vezes gritantes de evoluções entre um humano e outro ser humano.

Poderíamos até mesmo afirmar que existem humanos tão diferentes uns dos outros, que não comungariam muitos fatores que não sejam respirar, falar e as nossas funções orgânicas em comum; sendo que todo o resto seria absolutamente diferente, desde a forma de se comportar, compreender, agir, olhar o mundo...

Pontos tão distantes que se pudéssemos olhar por dentro das lentes óticas dessas duas hipotéticas amostras humanas, pareceria claramente se tratar de mundos ou dimensões completamente diferentes a serem vividas, mesmo ainda sendo os mesmos locais.

Adentro essas questões sobre as nossas particulares definições sobre o ser humano, pois para todos aqueles que perguntássemos, sobre a criatura "vampiro", em unanimidade; todos responderiam que o vampiro NÃO É HUMANO.

Invertendo nossos pontos de vista, ao invés de nos questionarmos o que realmente nos definiria como humanos, já que nos parece uma questão difícil de ser respondida, nos perguntaríamos sobre: porquê o vampiro não seria propriamente "humano"?

Essa nova questão nos poderia jogar em uma resposta imediata, sobre o fato de um vampiro ser um "não vivo", ou "morto vivo", mas que lá no fundo nos associaria a sentimentos que nós acreditamos só poderem serem sentidos por "criaturas vivas".

Pensando novamente na questão do arquétipo que existe em todos nós, simbolicamente poderíamos compreender que, para que uma pessoa se tornasse a criatura animalesca, fria, cruel, assassina e sanguinária, necessário seria que ocorresse algum tipo de morte.

Uma morte psíquica, uma morte de personalidade, uma morte sentimental ou de tudo aquilo que fomos um dia para que toda a bestialidade asfixiada pelo adestramento social, emotivo, familiar, amoroso, pudesse aflorar, como a coragem absurda que um humano teria que ter para cometer um gigantesco crime ou ato cruel, chamado também de "desumano".

Morte essa que se prestássemos um pouco de atenção, poderíamos perceber que já ocorreu em nós em menores escalas, inúmeras vezes em nossas vidas!

Quantas vezes você morreu e deixou de ser um personagem que já foi um dia?

Quantas pessoas você já conheceu que hoje, parecem serem absolutamente diferentes daquela época?

A sociedade em um modo geral, inclusive em seus sistemas religiosos, trata de frear tudo o que é de mais natural em nós, como humanos-animais que somos.

Desde a impregnação da ideia de que em verdade, fomos "criados por Deus" e que por isso não seríamos animais e que isso nos definiria em diferença a eles.

Mas se isso fosse real, se verdadeiramente nós tivéssemos sido criados através do barro, como nos afirma as ideologias religiosas, o que poderia ter incluído em nós, todos os instintos animais que possuímos?

Esses instintos teriam sido adicionados em nós depois de nossa criação perfeita?

Depois da expulsão do "paraíso"?

Seriam todos os instintos animais que possuímos, em verdade obra dos tais demônios?

Já que não parece ter sentido algum que algum Deus tivesse sido tão irônico a ponto de colocar em nós todos os instintos que possuímos, apenas para nos proibir de sentirmos todo o prazer que isso nos proporciona.

Seria como nos fazer com uma natureza e nos dizer após isso: "Eu te amo incondicionalmente, mas você deve deixar absolutamente de ser você para que eu te aceite"!

Já que a natureza de uma divindade ONISCIENTE (que sabe e conhece todas as coisas, estejam elas no passado, presente ou futuro) não poderia testar NADA, por inevitavelmente sempre já saber de todos os resultados possíveis muito mesmo antes de qualquer teste ser criado.

A não ser que fosse um jogo particular da divindade de tentar constantemente boicotar a si mesmo, utilizando-se de tentativas através de seus "bonecos de barro", o que também nos poderia facilmente parecer alguma espécie de sadismo, por fazer sofrer tanto criaturinhas fadadas a lutar eternamente contra a própria natureza, apenas para satisfazer o desejo de ser obedecido.

Todavia, se mudássemos o nosso foco, para criaturas "evolutivas", mesmo pensando na ideia de uma espécie de criador para tais criaturas, seria bastante viável adicionar a fome, por saber que tais criaturinhas morreriam caso não sentissem esse impulso. Assim como a sede, os desejos reprodutivos, a violência para se defender, o medo para fugir e se esconder e assim por diante.

E que, conforme a evolução fosse ocorrendo, quando se compreende que não é necessário esperar a fome para saber que temos que comer, ou sede para sabermos que temos que beber; esses "instintos" ou impulsos caíssem em desuso ao longo dos milênios e pudessem verdadeiramente serem considerados como "primitivos"; por se tornarem obsoletos.

Mas existem outras coisas no universo que parecem não possuir explicação.

Por exemplo, a crueldade de um animal predador, poderia nos ser justificada pela pressa de comer; tanto pela fome quanto pelo risco de que outros animais roubem a sua comida, não restando tempo para piedade a não ser dilacerar a presa muitas vezes ainda viva.

Mas como poderíamos justificar a crueldade de um gato que pode ficar muito tempo torturando um rato ou um gafanhoto antes de devorá-lo?

Coisas que romanticamente dizemos ser uma "brincadeira" do animal para com sua presa, utilizando do argumento da inocência para não crermos na crueldade inerente!

E que muitas das vezes mata apenas por matar, e nem sequer se dá ao trabalho de devorar a vítima que teve a sua vida ceifada.

A crueldade está na natureza!

Digo isso pois muitas das vezes caímos no erro de acreditar que tal atitude é uma particularidade da maldade humana, quando absolutamente tudo o que um ser humano é capaz de fazer, independentemente do quão atroz nos pareça, em verdade faz parte da natureza!

Melhor dizendo, o ser humano não é capaz de clonar nenhum tipo de atitude, comportamento ou sentimento que já não exista e faça parte integral da natureza.

Tudo o que existe na natureza, existe em nós e isso é fato!

Independe do quanto atitudes ditas "certas" nos sejam ensinadas ou o quanto de lavagem cerebral possa acontecer para nos tentar transformar em ovelhas pacíficas e mansas, a nossa sombra jamais será retirada de nós, pois isso seria o equivalente a nos desconectar por completo da natureza e de tudo aquilo que um dia fomos e que faz parte de todo o alicerce de nossa cadeia genética.

E é justamente sobre esse arquétipo que esse livro irá tratar!

Do ser humano sem máscaras, sem fingimentos, sem abraços sociais, sem sorrisos; mesmo que até esse sorriso também faça parte da natureza dos ratos e camundongos para a interação social, ou seja: nem mesmo o sorriso pertence exclusivamente aos humanos!

Irei falar do ser humano frio, calculista, cruel, egoísta, ciumento, invejoso, assassino...

Iremos falar sobre O VAMPIRO!

Cap. 2 – O mal primordial.

Todo universo abaixo da fonte de criação. Ou melhor dizendo, abaixo do "incriado", dentro das esferas da luz sem forma, passa a ser dual e dicotômico.

Tudo sob uma questão primordial de parâmetros para a compreensão das formas existentes, pois para existir o lado direito, deve-se haver o esquerdo.

Para compreendermos o frio, deveremos saber o que é calor.

Toda a luz criará sombras e assim por diante.

Entretanto, uma das questões mais complexas, filosoficamente falando, trata-se sobre a existência e motivo de existência daquilo que conhecemos como "o mal".

Para alguns, o mal é necessário para podermos justificar e glorificar a grandeza e obra do bem.

Para outros, o mal é apenas um ponto de vista, ou seja, o mal seria tudo aquilo que nos faz mal, mesmo que isso possa vir a fazer bem a outra pessoa.

Alguns afirmam que o mal não existe e outros; que o mal é apenas aquilo que está fora de seu lugar, como seria a água dentro do forro de uma casa.

Sentimentalmente falando, a maior obra daquilo que poderíamos chamar de mal, seria a SEPARAÇÃO.

Enquanto reencontros poderiam ser bastante felizes, a separação é a maior dor causada no ser humano, pois a coroa de toda a separação é a morte.

Logo, a morte seria a *"opus magnun"* daquilo que conhecemos como "o mal" e a maior raiz de todo o medo, pois caso uma pessoa perdesse absolutamente o medo de morrer, ela provavelmente não temeria mais nada; talvez apenas a dor.

Ou quem sabe se a pessoa conseguisse uma resposta real e exata sobre "para onde iria um ente querido" após a morte, ela também perderia o medo de suas consequências.

Já o medo em verdade é a própria sombra, o escuro, o sentimento do "não saber", pois tudo aquilo que nos é obscuro, sem informação, misterioso, nos causando a sensação de impotência por não saber, causa-nos o sentimento do medo, assim como o é no caso da morte sob a impossibilidade de saber ao certo se um dia iremos ou não poder reencontrar aqueles que amamos e viemos a perder.

Se alguém lhe pedir para enfiar a sua mão em um buraco ou em uma moita, você sentirá medo por NÃO SABER ao certo o que poderia haver ali dentro e todas as situações que nos causam medo, são manifestações da impotência do "não saber".

O vampiro fascina por parecer causar todas as sensações sinistras, como o mistério, o medo, a morte, a fraqueza, o aprisionamento. Todos os tipos de sensações ligadas a um pesadelo que todos nós gostaríamos de ver de perto.

Muito provavelmente pela esperança de podermos ver finalmente o que há "dentro do buraco" e com isso, podermos nos livrar definitivamente do medo, causado pelo "não saber".

É importante compreendermos por essas leis inevitáveis e dicotômicas que a partir do momento em que uma célula é criada, outra célula, idêntica e oposta também é criada. Assim como uma mão direita criará uma esquerda, mas também nossos olhos, orelhas, fossas nasais e pés.

Somos uma representação de nosso universo e de suas leis infalíveis e mecânicas.

Mas se pensarmos de formas mais "místicas", imaginaremos o nosso reflexo no espelho e pensaríamos: será que existe uma "cópia má" de meu reflexo?

Na antiguidade, em locais que acreditavam na existência do vampiro, sempre era recomendado que nenhum espelho fosse direcionado a um cadáver, pois isso poderia criar um vampiro...

Poderia ser pela manifestação dessa "cópia má do espelho"?

Então porque não pensarmos e nos questionarmos sobre: será que existe uma cópia má de nosso universo? Uma cópia má de Deus?

"Má" por ser uma criação de sombras que faz a contraparte de toda criação de luz.

Em nossa psique sabemos bem que há em nós um "eu de luz" (superego), criado artificialmente ou quem sabe naturalmente por todas as obras boas das quais emanamos a energia conhecida como "amor", todavia, também existe em nossa psique, as sombras de todas as maldades e obras nefastas que fizemos, seja nessa vida ou em outras passadas para aqueles que assim creem (Id).

"As sombras são criadas pelos olhos alheios que temem...".

São coisas incompreendidas pelo universo que passam a existir na esperança de um dia serem compreendidas e "trazidas para a luz"; mas quem poderia nos garantir que o próprio universo possui a incapacidade de conseguir compreender o motivo de sua própria existência e que por esse fator, as cópias de todas as coisas em suas faces sombrias acabam inevitavelmente sendo criadas?

Através da incapacidade de compreender a si mesmo e a necessidade ou inevitabilidade de sua própria existência.

Conjecturas e afirmações ocultas a parte, o que quero dizer com isso é que o mal é uma parte-cópia de toda a criação, nascido inevitavelmente pelo fator espelho que há no universo, que cria toda a parte oposta de todas as coisas para sua própria compreensão.

E com isso, compreender que o mal primordial; aquele mesmo que teria adentrado as veredas de Deus aonde apenas Lúcifer podia caminhar enquanto era anjo de luz; para tentá-lo, sem com que o próprio Deus o impedisse, já existia no universo antes mesmo dos anjos serem criados.

É algo que JAMAIS poderá ser destruído, por ser parte de uma mecânica de criação e isso nos responde a questões até mesmo infantis sobre o "porque Deus permite o mal?", ou "porque Deus simplesmente não destrói o mal?"; mas também que nos tira por completo a esperança de um dia o "bem vencer o mal", (ideia criada pelo Zoroastrismo muito antes do cristianismo existir) e o mesmo deixar de existir para sempre.

É essa mesma "cópia má" que existe dentro de nós e de todos os animais ferozes que nos dá todas as características daquilo tudo que consideramos como "atitudes más" e que nos poderia incentivar a executar a grande separação (morte) que nos dá tanto medo e é tão mal vista por todos.

Mas a questão genial na construção do arquétipo do vampiro se dá justamente nesse fator: qual poderia ser o grande segredo para que, de uma vez por todas um humano destruisse suas casacas de bondade a ponto de eclodir a fera assassina e sombria que habita em seu âmago?

Em uma impressão de que, se destruirmos o nosso "eu" criado nesse universo de forma específica a ponto de ele persistir "em carcaça/corpo físico", o mesmo poderia ser avatarizado, possuído e abduzido por essa nossa "cópia má", se tornando verdadeiramente, apenas a cópia cruel e animalesca do universo paralelo, sombra do nosso; ostentando as presas que todo carnívoro caçador também ostenta como "a marca da besta": através da morte!

Em nossa sutil sensação de que, dentro do universo da morte, onde residem todas as sombras de todos os nossos maiores medos e temores, também reside essa nossa versão monstruosa, mas que por algum motivo tenebroso, poderia "vazar" para este universo criado a ponto de caminhar, enquanto as trevas da noite abundam e todos os incautos dormem.

Uma manifestação que não precisa da energia da vida para se locomover, já que existe através das sombras de tudo aquilo que vive e se sustenta pelos olhos do próprio mal primordial que equilibra todas as coisas.

E por outros pensamentos poderíamos imaginar que o objetivo real de tudo aquilo que preda, seria roubar, rapinar e transferir resquícios energéticos de vida, para o universo sombrio paralelo que existe por consequência da criação do nosso, em um sistema simbiótico e parasitário.

A sede que não tem fim! O buraco que nunca poderia ser tampado.

O escuro que jamais poderá ser completamente iluminado, mas que se alimenta de resquícios de luz trazidos por seus espectros maldosos e noturnos a cada ato cruel de destruição e morte.

Seria essa força que movimentaria em ímpeto todo predador voraz que caminha nas entranhas da noite?

Vivificações e personificações daquilo que seriam monstros de aspectos em separado de nossas personalidades, tão criminalizados pelas religiões, todavia, que sem suas atitudes e impulsos constantes sobre a humanidade, retiraria qualquer sentido e necessidade da existência de tudo aquilo que conhecemos como "o bem".

Em uma cadeia perfeita de atritos e necessidades mutuamente dependentes, como a cobra que engole a própria cauda.

Cap. 3 – Intervenções nas histórias da evolução humana e suas visões mitológicas e religiosas.

Retroagindo nas histórias que nos foram contadas, mesmo com imprecisões temporais e históricas, podemos observar que a humanidade nunca caminhou sozinha, mesmo que céticos possam dizer o contrário pelo falho argumento da falta de provas cabais.

Caminhando rumo ao passado, não poderíamos deixar de observar a história dos sumérios; os primeiros inventores da escrita que deixaram seus resquícios para essa documentação, através de suas placas de escritas cuneiformes.

Diziam eles, pelo pouco que sobrou de seus registros, que em determinada idade da humanidade em seu longínquo e não registrado passado; a terra havia sido visitada por aquilo que eles chamavam de "Annunakis" (descendentes do Deus Anu).

Nome esse que significaria "vindos do céu"; mas do céu cósmico e estelar e não do céu mitológico de nossas "modernas" religiões.

Vindos em naves espaciais, com suas formas enormes de répteis com quatro asas, esses seres que buscavam ouro, não por ter algum tipo de valor monetário, mas por seu poder de condutividade, inclusive de energias espirituais, depararam-se neste planeta com PRIMATAS.

Evidentemente, seres com poder evolutivo a ponto de poderem viajar pelo espaço, jamais iriam efetuar o trabalho braçal de garimpar ouro e, portanto, decidiram se utilizar desses primatas, os alterando geneticamente para fazerem esse trabalho.

Adentrei nessa história para podermos questionar alguns detalhes sobre a humanidade, pois isso teria sido apenas uma de várias outras possíveis incursões; intrusões e alterações em nosso DNA ao longo dos milênios: Como seríamos hoje se continuássemos evoluindo, todavia sem com que ninguém e nenhuma outra espécie tivesse alterado o nosso DNA?

Poderíamos pensar que ainda seríamos símios, já que cientistas afirmam que, calculando a complexidade de nossa evolução, não faria sentido termos evoluído a esse ponto pela idade pequena que acreditam que nosso planeta possui.

Mas adentrando agora nas histórias religiosas judaico/cristãs, quando pensamos na expulsão da primeira mulher de Adão que também teria sido feita do barro (Lilith – "vide Nos bastidores de Adão e Eva – Alberick Stelian"), e que tivera sido a primeira a ser expulsa do Éden, vemos em pesquisas cabalísticas que ao cair aqui no nosso planeta, ela se deparou com Samael (Veneno de Deus - Lúcifer) e que com ele começou a ter filhos "demônios"...

E que supostamente fora essa mesma mulher que Caim, após matar o seu irmão Abel e fugir para as "terras de Nod", encontrou e a tomou como esposa.

Evidentemente, não poderíamos deixar de mencionar a tal "marca de Caim", que Caim "ganhou" de Deus após esse primeiro homicídio.

Logo, a união de Caim como alguém marcado por Deus com Lilith, uma mulher que vivia até então trocando energia com "anjos caídos", não poderíamos deixar de ser vista como outra espécie de "alteração na evolução natural dos humanos".

Também lembremos do que está escrito em Genesis, capítulo 4..., aonde "os filhos de Deus viram as filhas dos homens e decidiram "cair" para tomá-las como esposas e obtiveram seus filhos "gigantes"; parte essa que relata que, por causa dessa proibida mistura, Deus teria restringido a idade dos seres humanos para 120 anos, já que antes desse grandioso evento, afirmavam as histórias bíblicas que os humanos eram capazes de viver mais de 900 anos.

Assim como a própria história de um "salvador" que "comprou" parte da humanidade para seu pai que não é terreno, ligando assim energeticamente os comprados com "sua luz", alterando o comportamento cruel, violento e ignorante que pareciam terem os humanos na pré-idade média.

O que também seria outro bom exemplo de alterações na evolução natural dos humanos.

A morte da Era do herói, retratada por Friedrich Netzsche, dando lugar cada vez mais à humanos fracos e sentimentalmente frágeis.

Ao ideal de sacrifício que se observarmos por uma ótica mais fria e menos romantizada, poderíamos facilmente associar sempre às presas e cada vez mais distante dos predadores.

Evidentemente, uma espécie inteira apta a ser colonizada, recolonizada e comandada quantas vezes os governantes acharem necessário.

E pensando na forma de "forças universais", cada vez mais ligados ao magnético e passivo. Forças masoquistas da natureza.

Simbolizados sempre pela inércia e morte e não a forças elétricas e ativas (sádicas).

Não estou aqui atacando nenhuma fé, e nem criticando; apenas tecendo olhares de pontos de vista mais energéticos e simbólicos, o que afeta diretamente a mente coletiva no sentido de programação.

Qual simbologia poderia ser mais estagnante e passiva do que um homem morto em uma cruz e uma mulher virgem?

Porque todas as vezes que as pessoas olham para um documentário do reino animal, elas se afinam com a presa e nunca com o predador?

Porque a atitude de um tigre, de uma leoa, de uma hiena, por exemplo, sempre é vista como má? Esquecendo todos que essa leoa hipotética possuiria filhotinhos famintos que precisam ser alimentados...

Compreende como a mente coletiva já está a muito adestrada para ser a vítima? A presa? O coitado? O sofredor que precisa de ajuda?

Novamente, adentro toda essa parte sobre incursões e os consequentes rumos a qual a humanidade desembocou, para levantar novamente a seguinte questão: Como seriam os primatas ainda evoluindo para se tornarem humanos, mas sem essas incursões passivas a qual fomos destinados?

Talvez homens macacos ferozes?

Levantando outra questão, imaginemos um "universo alternativo" ou como já foi retratado, a própria cópia má do universo, aonde em eventos invertidos, as incursões tivessem sido opostas aos caminhos trilhados pela humanidade atual.

Uma evolução rumo ao predador e não a presa.

Uma evolução para o lobo ao invés da evolução para a ovelha...

Será que hoje, a parte que nos estaria tentando; pensando sobre a ótica de uma dicotomia universal, seria a da ovelha ao invés do lobo voraz?

Será que nossos pecados seriam aquilo que almejamos alcançar através do princípio da bondade?

E melhor pensando: será que os monstros, seriam em verdade o que acabamos nos tornando nos dias de hoje? Passivos, mansos, fracos, sentimentalmente abaláveis?

Conjecturas a parte, o importante a se notar é que, independente do quanto nos falem sobre tentações do mal, demônios ou outros pontos de vista, a verdade é que, mesmo com possíveis incursões genéticas, espirituais ou energéticas em nós, o animal primitivo que seria o nosso verdadeiro "eu" e que hoje, nos é ensinado a vermos como nosso inimigo, ainda está lá, no fundo obscuro de nossa psique, aparentemente, aguardando alguma falha ou ocasião em nossa personalidade, para eclodir em fúria mais uma vez.

Cap. 4 – A egrégora do vampiro.

Agora começaremos abordar os temas de tudo aquilo que é real, em relação ao arquétipo do vampiro. E consequentemente, toda a participação dessa força, tanto na natureza quanto na vida social dos humanos.

Para quem não conhece o termo egrégora, falando de forma simples para facilitar a compreensão, trata-se de um amontoado de consciências ligadas a um mesmo veio de força que acabam por formar um ser espiritual do tamanho de seu volume (montante de consciências que a compõem) e com os aspectos simbólicos das forças que o constituem (aparência).

Em melhores palavras, seria uma entidade gigantesca com o formato daquilo de que a força é feita, como um morcego gigante, um ser com três cabeças sendo cada cabeça uma de um animal, pernas de aranha, asas, etc...

Para podermos imaginar isso, pensemos no "vampiro", primordialmente como o ser que suga o sangue dos vivos durante a noite. Isso como uma espécie de resumo simplório da força

Mas esmiuçando esse "resumo", vamos compreender com abrangência, tudo aquilo que faz parte verdadeiramente dessa força da natureza, tão real e tão presente em nosso mundo.

Em primeiro lugar, vamos imaginar o sangue como nossa força, tanto física, quando psíquica, quanto temporal, energética e porque não, financeira.

Apenas por esse leve "esmiuçar", já poderíamos imaginar o quanto de eventos aparentemente comuns, estariam ligados a essa força.

Seja por um ônibus que atrasa ou por uma fila de espera que parece não andar.

Ou quem sabe, em um dia chato dentro de uma sala de espera de um consultório, uma senhora muito chata começando a falar com voz estridente de forma que nos aparenta minar nossas energias.

Aquela pessoa inconveniente que quando fala, não para que relar a mão em nós, parecendo a cada toque, nos roubar tanto a atenção sobre o assunto, quando nossa liberdade de não querer prestar atenção.

Quando não, aquela pessoa que é conhecida por falar muito e que quando vai contar algo, que poderia resumir bastante, ao invés disso, faz um assunto que poderia ser resumido em cinco minutos durar quarenta minutos e o pior, você sabe exatamente onde a história irá terminar mas tem que esperar a pessoa terminar a sua fala.

Acredito que a maioria das pessoas que pesquisam e estudam sobre esse tema, já tenham ouvido falar sobre "vampiros psíquicos", e poderão nesse momento pensar: "um livro sobre: "mais do mesmo"".

Mas para a vossa felicidade, eu irei romper esses paradigmas e irei adentrar temas reais sobre o vampiro e o vampirismo que você provavelmente nunca irá encontrar em nenhum outro livro.

Pois como leitor que também sou, já cansei de me frustrar em procurar livros que pareciam conter temas mais reais que iriam preencher meu âmago, mas que até o seu término só me deram desesperanças e decepções.

Dessa forma, iremos para o próximo passo; em um assunto que continuará o que todos os outros livros terminam apenas até aqui.

Irei falar sobre o caminho real do vampirismo!

Sobre a trilha real que poderia literalmente levar um ser humano a se tornar alguma das muitas espécies de vampiros.

Assim como as consequências das pessoas que praticam, mesmo inconscientemente o tal vampirismo psíquico.

Para falar sobre esse tema, obrigatoriamente terei que adentrar outro conhecimento energético, que muitas pessoas no mundo de hoje já conhecem ou que pelo menos já ouviram falar: os chakras!

Nossos centros energéticos, que também são ramificações terminais nervosas em sete pontos de nosso corpo (sete principais), e que se pudéssemos enxergar essas terminações nervosas, através de suas energias biológicas, iríamos compreender que acúmulos sempre acabam se tornando vórtices.

Acúmulos de eletricidade biológica formando pequenos sifões!

Cuja os quais, os estudiosos afirmam serem ligados a nossos sete corpos internos, fazendo trocas energéticas entre o nosso corpo biológico e todos os outros.

Para você que chegou até aqui, e mesmo assim ainda não conhece o tema "chakras" ou "corpos sutis", aconselho que pesquisem na internet, pois esse tema é abundantemente difundido nos dias de hoje e não é objetivo desse livro explicar temas paralelos.

Adentrei na matéria dos chakras pois, quando uma pessoa faz, mesmo que sem querer, qualquer tipo de "atitude vampírica" que rouba literalmente a energia de consciência de seus semelhantes, para que essa energia que não pertence a pessoa adentre nela, é necessário que os chakras dessa pessoa "girem ao contrário", em sentido sinistro.

Quando por qualquer motivo que seja, seus chakras girarem em sentido sinistro, isso terá como resultado algo como se a sua evolução regredisse, na mesma quantidade em que os chakras giraram, mesmo que seja muito, muito pouco. Também acontece de a pessoa que "roubou" a energia de seus semelhantes, acabe consequentemente, sentindo um "bem estar". O que reforçará a atitude nefasta na pessoa que a pratica, principalmente de forma inconsciente. Mas continuarei esse tema no próximo capítulo, já que este aborda a egrégora do vampiro em si.

Tirando todas as pessoas que são vampiros sociais, vampiros emotivos, vampiros psíquicos, vampiros de tempo, vampiro de alegria, vampiros de ânimo... a egrégora do vampiro não se resume nem de longe a isso.

Ela também abrange e é responsável pela rapina dos animais.

Pelos "trombadinhas"! Os antigos "batedores de carteira" que hoje "evoluíram" para ladrões de celulares.

Para roubos, perdas, esquecimentos...

Perder as chaves do carro. Perder o celular na praia. Ter um pequeno objeto furtado por um cleptomaníaco em sua casa...

Todas as "vazões", ladrões, prejuízos, golpes financeiros, sites falsos na internet, enfim, todo o "escape" energético está diretamente relacionado a egrégora do vampiro.

Uma egrégora viva, semiconsciente e muito poderosa que está ligada ao "mal que está em toda parte".

Até mesmo ligado aos políticos ladrões que "funcionam" como furos em um cano de água; no caso, em um enorme cano financeiro, quando o dinheiro deveria ir para a saúde, educação, merenda das crianças mas que por causa desses sujeitos, acaba sendo "vazado" para outro lugar que não seja o lugar devido.

E pensando por essas óticas e por esses pontos de vista, poderíamos concluir que os "vampiros" de muitos tipos, parecem gostar muito mais de países tropicais do que propriamente países frios, nublados e locais apenas "noturnos".

Mas o reino real do vampiro não está nesta dimensão em que nos encontramos.

Ela se encontra em uma dimensão paralela, "dentro do reino dos ossos", onde seu chakra de entrada fica em uma de nossas costelas... Todavia não darei o mapa para aqueles que conseguiriam encontrar com seu poder e treinamento mental, que os verdadeiros "iniciados" possuem.

Cap. 5 – O caminho do vampiro.

Em continuidade ao assunto mencionado no capítulo anterior, damos início a esse capítulo sobre a trilha real do caminho do vampiro.

Para tanto, é necessário compreender que muito tipos de energias podem ser "vampirizadas" de outras pessoas, através de atitudes, repetições, cansaços causados de forma voluntária ou involuntária.

Mas dentre todas elas, a principal seria aquela que é considerada como a própria energia de vida, chamada de Prana pelos hindus, Ki pelos japoneses, Shi pelos chineses, Od, Orgônio, dentre tantos outros nomes.

Energia vital essa captada pelo sol, já que o vampirismo em verdade é um tipo de doença, aonde a criatura perde a capacidade de captar essa energia abundante e natural, provinda do sol e disponível a todos nós, sendo fadada após isso a procurar o prana em fontes alternativas.

Acredito que muitas pessoas já ouviram falar nas lendas dos lobisomens, onde os mesmos, dizem alguns, acabam rolando e ingerindo fezes, excrementos, restos de animais mortos (carniça), dentre outras práticas "animalescas".

Isso se daria por esse tipo de "entidade" enxergar nesses dejetos, restos ectoplasmáticos, de energia vital ali depositados, fazendo com que a necessidade de energia vital os obrigue a ignorar onde é que esses restos energéticos estão, ingerindo seja lá o que for de repugnante no desespero dessa busca.

Esse ponto de vista com certeza desmancha o romance e a poesia das tais "criaturas da noite".

Assim como poderíamos imaginar, o quanto um bebezinho seria para tais criaturas, uma tremenda "bola de luz", possuindo em si energia vital para seus cento e vinte anos de existência.

Disso também surgem as tais lendas sobre lobisomens perseguirem os recém nascidos, assim como algumas classes de vampiros também tem por eles a sua predileção.

Então vamos aos fatos, sobre o que acontece com a prática ininterrupta de vampirizar energias alheias, mesmo de formas completamente inconscientes, com atitudes irritantes, repetitivas, encostos de mãos, falar demais, etc...

Como eu já havia mencionado sobre os tais chakras, os mesmo são forçados a girar de forma sinistra, invertida a cada vez que recebemos uma porção de energia vital que já tenha sido assimilada por outro ser vivo, já que nosso sistema natural de absorver energia solar com os chakras girando destramente, serve apenas para a energia do sol em sua forma pura e não transformada por outro organismo biológico.

Uma vez absorvida a luz solar, ela passa então a se misturar com a energia pessoal de quem a absorveu, tornando-se mais "densa" do que a refinada luz provinda do sol.

E é essa mesma densidade a mais que faz com que os chakras sejam forçados a trabalhar de outra forma, para poder absorver essas forças.

E a cada vez que esses "giros contrários" ocorrem, a evolução espiritual da pessoa regride, como se verdadeiramente ela estivesse regredindo em sua cadeia evolutiva, retornando do humano que é até se tornar, espiritualmente falando, um símio.

Acontece que realmente existem fronteiras evolutivas, aonde nossa espécie poderia verdadeiramente ter tomado outros rumos;

direcionando para outros animais ou mesmo espécies alternativas.

Quando, por muito esforço, talvez de muitas vidas dependendo da capacidade de absorção do indivíduo, um ser humano finalmente conseguisse chegar na encruzilhada da cadeia evolutiva, relativa a espécies vampirescas, ele cairia em um tipo de "prisão" espiritual.

Esse local é um tipo de caverna, completamente escura, úmida, cheia de pessoas que praticaram vampirismo durante suas vidas, seja de forma consciente ou inconsciente.

Nessa caverna existem espécies gigantes e albinas de piolhos, aranhas, dentre outros tipos de parasitas que ficam no escuro completo, subindo nas pernas das pessoas que ali estão com o objetivo de se alimentar de seu sangue, causando obviamente excessiva aflição, dor e desespero naqueles que ali estão presos.

São materializações das atitudes vampirescas em formas representativas, fazendo com que as pessoas que passaram suas vidas com essas atitudes, agora experimentem as manifestações criadas por eles próprios.

Todavia, aquelas poucas pessoas que por alguma eventualidade espiritual, conseguirem atravessar essa prisão/caverna, conseguirão então verdadeiramente mudar a sua cadeia evolutiva.

Dessa forma, elas adentrarão a cadeia evolutiva dos parasitas, pernilongos, pulgas, carrapatos, piolhos e irão após essa mudança evolutiva, subir vagarosamente essa escala até chegar em mamíferos, como o morcego hematófago dentre outros predadores que se alimentam de carne crua e sangue.

Mesmo que fisicamente a pessoa ainda seja o mesmo ser, que evoluiu a partir da cadeia evolutiva dos símios, espiritualmente ela irá aos poucos se transformar em outro tipo de ser que se alimentará de sua própria espécie e que poderá, mesmo após a sua morte física, continuar existindo enquanto se alimentar.

Todavia, é importante salientar que, caso uma pessoa queira trilhar esses tipos alternativos de espiritualidade, caso ela não consiga ir muito longe e venha a falecer; o quanto em que a pessoa regrediu em sua evolução irá gerar consequências bastante nefastas nas próximas encarnações em que a pessoa venha a atravessar, podendo mesmo acontecer de a pessoa se desvincular de sua egrégora familiar e acabar nascendo em meio a pessoas bastante primitivas, ignorantes, violentas, estúpidas que gerarão inúmeros infortúnios, aborrecimentos, humilhações, abusos dentre outras possibilidades horrorosas que muitos, pelo mundo afora são submetidos.

Então, para aqueles que possuem hábitos vampíricos, mesmo acreditando ser algo "legal" ou "cult", é necessário que se reflita muito sobre as próprias atitudes, pois nada nesse universo é de graça e nada passará despercebido por suas leis naturais e mecânicas.

E o preço poderá ser bastante alto, pago por um ato de suposta inocência.

É muito comum as pessoas pensarem que "essas coisas não existem" ou então associar os reinos espirituais como se os mesmos fossem sentidos e experimentados como são os sonhos, mas afirmo que lá, no momento em que você estiver experimentando suas realidades, será tão ou mais real do que o que você está experimentando agora!

Inclusive, sem o direito de poder acordar quando estiverem dentro dos locais em que suas atitudes te jogarem.

Cap. 6 – A sede eterna e alguns tipos de vampiros.

O vampiro é uma força, uma energia ligada a "boca", tanto dos seres humanos quando dos animais.

Força essa ligada ao ato de devorar, a fome, a sede, a destruição feita pelos dentes.

Mais especificamente, seria a energia do desejo emanado pela boca; desejo de colocar para dentro das entranhas, como um tipo de força magnética.

Seria a "consciência" dessa força magnética, logo, uma força da natureza, cega, inconsciente ou semiconsciente que é passível de ser chamada, invocada; mas é claro, quase sempre podendo ocorrer consequências já que uma força desse tipo jamais viria a algum lugar ou atenderia a algum chamado sem desejar naturalmente levar alguma parcela energética para si.

Conseguiria imaginar, como poderia ser a vida de uma pessoa "avatarizada", internalizada, possuída por uma energia que tem por programação o ato de sugar, absorver, devorar o tempo todo?

Consegue compreender como essa força contida na natureza é tão forte e tão dominante em todos os animais predadores?

Para tanto, vou ensinar uma espécie de "mapa" de consciência, que permite localizar um desses muitos "reinos" ligados a forças vampíricas da natureza.

Todavia, isso só será possível de ser alcançado por "iniciados" ou pessoas que possuam algum treinamento mental suficiente para deslocarem sua consciência de forma auto guiada. Mas nada impede qualquer um de tentar de forma dedicada e acabar conseguindo.

Observando a mente dos animais, mesmo eles sendo "mamíferos", temos que compreender que eles não compreendem o conceito de "cores", logo, a forma real que esses animais enxergam (interpretarem) o mundo e a realidade, seria como o "preto e branco", ou "tons de cinza".

Todavia, existe um detalhe, mesmo parecendo não haver alguma explicação lógica para isso, é que os animais enxergam a lua cheia na cor "vermelho sangue".

Observando a lua como um "espelho" que reflete a luz solar, compreendemos que o espectro de cores a serem refletidos são de várias tonalidades e que cada uma dessas tonalidades vibra em uma frequência específica, sendo essas frequências, ligadas a dimensões distintas e específicas.

Logo, o espectro de luz filtrado pelos animais que é visto pela cor vermelha supra mencionada, é o que dá a ligação exata para a mente e a força que guia todos os animais predadores, assim como poderia impulsionar um humano que se afinasse por algum distúrbio a esse espectro; a violência e quem sabe não, ao assassinato.

O exercício que irei ensinar agora, caso seja feito de forma exata, levará a mente da pessoa que o fizer diretamente para essa dimensão de rapina onde quem conseguir ir, poderá se deparar com uma das muitas espécies de vampiros existentes.

A peculiaridade dessa espécie é que seus olhos dilatam suas pupilas até que todo o olho seja visto como preto.

Interessantemente, é muito comum em todas as dimensões que possuem vampiros, também serem avistados os famosos "mortos vivos", logo, caso você consiga fazer o exercício, porém veja mortos vivos ao invés da espécie de vampiro mencionado, entenda que isso é normal.

Com essas sutis informações não ficará difícil conseguir fazer o exercício, que consiste na seguinte prática:

Na hora em que você for dormir, após deitar-se e acomodar-se como faz todos os dias, você deverá deitar-se de barriga para cima (decúbito dorsal) ou da posição que costuma dormir normalmente, se isso não te fizer pegar no sono muito rápido e então, da mesma forma que ocorre na mente dos animais, você deverá visualizar, já de olhos fechados, o céu noturno.

Como se o mesmo estivesse límpido, estrelado, porém, como é com os animais a lua deverá ser visualizada, tanto ela quanto o seu brilho, na cor vermelho sangue brilhante.

Como se fosse fluorescente vermelho.

Sinta a seriedade da noite, como se estivesse sozinho em meio a uma floresta.

Lembre-se, a lua poderá ser visualizada (cheia), independente da fase em que ela verdadeiramente esteja.

Fique então, sentindo a noite sob o brilho dessa lua sanguínea, como se todo o resto fosse "preto e branco" e sinta-se sendo banhado por essa lua até que você finalmente adormeça.

Se esse exercício, visualizações e sentimentos forem feitos na forma correta, você poderá então ter sua experiência, observando ou quem sabe interagindo com esses vampiros, materializações de forças da natureza existindo energeticamente em contato direto com os animais.

Caso queira ter experiências com "mortos vivos", no melhor estilo "zumbi", observe o céu noturno estrelado (fisicamente) até encontrar alguma estrela que tenha seu brilho vermelho.

Após localizar uma, aponte seu dedo indicador e olhe fixamente para ela, durante quinze minutos e depois, sem poluir sua mente com nenhum outro tipo de distração, vá dormir e veja o que os sonhos poderão te revelar.

Caso você não consiga ter alguma autêntica experiência na primeira vez que tentar, continue nos dias seguintes até conseguir se conectar e você conseguirá experimentar o que procura.

Mas acredite, não são agradáveis as sensações.

Você poderá sentir forte terror noturno, querer sair daquela realidade o mais rápido possível.

Logo, não me responsabilizo por sensações tenebrosas que você possa vir a sentir, estando sob sua responsabilidade e arbítrio, querer ou não ter esse tipo de experimentação.

Fora essa classe de vampiros da lua vermelha, existem outras das quais darei apenas alguns poucos detalhes e é claro, não revelarei minha fonte, mas acreditem, isso não é achismo e muito menos invenção.

A primeira classe de vampiros que irei mencionar, são vampiros muitíssimos primitivos.

Muito provavelmente existiram em nosso planeta em épocas jurássicas, pertencentes a florestas.

Estes possuem asas de couro, possuem pele de tonalidade verde e emitem um grito muito alto e horroroso.

A referência mais próxima que pude ver dessa espécie de vampiros, foi retratada no filme "Jeruzalem".

Sua energia primordial vem do centro de nossa galáxia, provavelmente de Sírius – B.

São criaturas noturnas, porém que não morrem caso tenham contato com o sol.

Existem também vampiros do sol.

Vampiros que possuem sua pele de tonalidade verde, orelhas pontudas e também possuem asas.

São bastante parecidos com morcegos de tamanhos enormes e costumam dormir durante o dia.

Possuem grandioso poder telepático, podendo ler mentes a grandes distâncias.

Existem vampiros da lua, que possuem suas peles em tom completamente brancas.

São gélidos e suas energias são femininas. Seres exclusivamente noturnos que não podem ser expostos ao sol.

Existem vampiros da linha de Lilith, a primeira mulher de Adão que possuem corpos semelhantes a corujas. Não possuem em si energia libidinal, mesmo sendo vampiros de energia sexual.

Sentam no peito de suas vítimas e os induzem a sonhos sexuais, drenando toda energia sexual produzida durante o sonho.

Acredito eu que praticamente toda entidade demoníaca que seja uma potência, possua a sua própria linha de entidades vampirescas.

Mas geralmente, a alma de todos aqueles que acabam se tornando alguma dessas muitas espécies, ficam presas na esfera de Gamaliel, "a vagina de Lilith" que é a primeira esfera da árvore da morte da Cabala judaica (conhecimentos dados ao patriarca bíblico "Enoch" através de um anjo).

Nessa esfera em particular, existem as vampiras aracnídeas, ligadas as forças de Lilith e Nahemah.

Existem vampiros ligados a uma esfera particular dentro de nosso planeta, que são corpos feitos de restos ectoplasmáticos da humanidade, porém conscientes.

Esses mesmos corpos formam os conhecidos "Doppelgänger", ou corpos cópias que alguns afirmam serem um dos fatores responsáveis pelo fenômeno da bi locação (uma pessoa ser vista em dois locais distantes no mundo, ao mesmo tempo).

Cap. 7 – O "Padre vampiro".

Sobre esse vampiro em particular, acredito que nunca ninguém tenha mencionado, catalogado ou mesmo ouvido falar.

É uma espécie de vampiro cuja "sede" específica que o cria e criou é a sede energética e libidinal que todos os padres católicos emanam por causa da prática antinatural do celibato.

Ele existe em um plano astral paralelo das igrejas católicas, onde seus templos são sujos, quebrado e bastante sinistros.

Alguns detalhes interessantes sobre esse vampiro, me chamaram bastante atenção e ainda permanece um relativo mistério sobre algumas partes que o envolvem.

A primeira coisa em questão é o comportamento desse vampiro.

Ele se move de uma forma pausada, pisca os olhos e movimenta as mãos enquanto fala, todavia de forma que não parece em nada com a forma que um humano "normal" se moveria.

Usava uma espécie de batina, de cabelos relativamente cumpridos e as mãos cheia de anéis.

Äs suas presas eram salientes, não pareciam ser "retráteis"; mas fixas como as do lobo.

No chão haviam muitas poças, parecendo poças d'água, todavia pude constatar que se tratavam de "libido estagnada".

Aparentemente produzida ou "derramada" pelas pessoas que caem em profundo estado de tédio durante as missas.

Interessante notar também que pude ver que essas poças existem em praticamente todas as residências; no plano astral delas, provavelmente produzida pelas pessoas em situações semelhantes.

Em um de meus infindos experimentos, tentei sugar esse tipo de libido estagnada para ver que tipo de energia era e que tipo de efeito ela poderia produzir e o resultado foi que acabei caindo em situações do tipo que te aprisionam "moralmente falando", de forma que você não possa se livrar tão cedo.

Situações demoradas (em verdade duraram uma semana), delicadas; daquele tipo em que você por educação e moral não poderia simplesmente virar as costas e abandonar.

Logo, o que acabei sentindo pelos eventos experimentados foram sensações, geradas pelas situações envolvidas, de tédio e demora, daquele tipo de situação que parece que não vai terminar nunca.

Em verdade, fiz esse tipo de experimento por duas vezes.

Geralmente faço o experimento da primeira vez me utilizando bem pouco da energia, para não correr riscos de cair em situações mais graves.

E pude constatar alguma experiência que também me aprisionou por um certo tempo e me gerou esses sentimentos aflitivos de estar preso em situações que demoram para terminar.

Então, para poder ter certeza de que não se tratava de uma "coincidência", da segunda vez absorvi mais energia a ponto de poder experimentar uma semana de sofrimento e ter certeza de que se tratava do efeito da energia experimentada.

Outra coisa que pude observar no plano astral, relativo a esse vampiro em formas "simbólicas" e representativas é que esse vampiro se utiliza de crianças para "tentar" os padres ao pecado, abuso e pedofilia.

Por causa de toda a ansiedade e necessidade dos padres por estarem sobrecarregados de libido, esse vampiro causa a sensação neles de que as crianças a sua volta os estão seduzindo ou insidiando.

Em verdade, pude ver no astral imagens de crianças com aspectos pérfidos, maldosos e sensuais de forma demoníaca.

Espectros demoníacos criados por essas mecânicas de repressões energéticas.

Pude também constatar que o veio de força ligado a esses vampiros são representados por uma "serpente branca", ao invés das corriqueiras "serpentes negras" que movem correntes de pensamentos pecaminosos e maldades coletivas.

De forma parecida ao que foi retratado no filme "Drácula de Bram Stoker", onde uma serpente branca aparecia em uma das caixas de terra do castelo, que estavam sendo armazenadas por ciganos.

Cap. 8 - Vampirismo energético e doação de energia (prática).

Como já anteriormente mencionado, acredito que muitas pessoas conhecem e já ouviram falar sobre vampiros energéticos.

Assim como também já mencionei, sobre as possibilidades de muitos tipos de energias diferentes poderem ser vampirizadas e não apenas o prana (energia vital).

Se observarmos a atuação dos vampiros inconscientes a fundo, tentando compreender como é que funcionaria a mecânica da vampirização, poderíamos extrair bastante "técnicas" de vampirismo.

Como por exemplo, uma pessoa que fala relando a mão em nós a cada duas ou três palavras; como é que isso poderia funcionar?

Calma, não ensinarei você a ficar relando a mão em ninguém, estou apenas mostrando como observar algumas mecânicas, e quem sabe com isso, você não aprenda a observar e a extrair informações diversas, você mesmo!

Mas vamos ao que interessa.

Focando em uma conversa em que a pessoa está próxima de nós, poderíamos muitas vezes ter momentos de dispersão.

E então, sentimos a mão do interlocutor nos tocando de forma invasiva e incômoda, como se nos tentasse obrigar a prestar atenção no que a pessoa está falando.

Como se a importância ao que ela se refere fosse tão grande a ponto de "não podermos perder aquele momento".

Por interessante que pareça, isso acaba em verdade gerando efeito contrário, pois acabamos prestando mais atenção no abuso de alguém nos tocar do que nas palavras que nos estão sendo ditas.

Funcionaria como uma espécie de distração momentânea que nos poderia facilmente desviar o foco ao nos questionarmos: "porque essa pessoa está relando sua mão em mim?", esquecendo-nos até mesmo o que estava sendo dito.

Mas porque isso nos vampiriza?

Vamos analisar mais profundamente.

Em primeiro lugar, tomem cuidado com a sua psique, pois esses momentos de distração invasiva abrem as portas de seu inconsciente, fazendo com que, nos momentos em que você não está prestando atenção na voz que fala, o conteúdo falado adentre diretamente seu inconsciente.

Outra porta direta para o inconsciente é o emocional.

Tudo aquilo que te provoca emoção fora de seu controle faz o mesmo efeito de tirar as suas defesas e abrir as portas de seu inconsciente.

Mas o lance do vampirismo acontece pelo seguinte: A sua atenção!

Poucas pessoas sabem, mas a "consciência" é uma matéria residual; uma energia!

Quando você deposita sua atenção, você deposita sua consciência, seja em uma pessoa, seja em um objeto.

E essa consciência é feita de prana, mas não mais um prana puro; contendo agora sua identidade nessa energia roubada. Sua essência!

Acontece que toda energia é como água ou areia, algo "numérico" em questões de volume.

Logo, quando uma pessoa está falando com você, ela já estará retirando uma quantidade (x) de energia de sua atenção, mas quando ela toca em você, ela estará retirando a energia que você já estava depositando e mais a energia da atenção que você disporá, contra a sua vontade, pelo ato do toque.

Então, vamos colocar isso em números hipotéticos para facilitar a compreensão.

Se a atenção que você já estava prestando na conversa da pessoa, fosse um valor 10 ou 15 e a pessoa tocasse a mão em você; esse "tocar" também teria um valor "a mais" de "atenção".

Logo, se esse valor do toque fosse mais 15, ou quem sabe 20 pela sensação de abuso sentimental, a pessoa estaria te roubando a cada toque o montante de 30 ou 35...

Dessa forma, para ilustrarmos melhor uma atitude vampírica, vamos traçar uma linha numérica "energética" que poderia acontecer em uma conversa normal e em uma conversa "com toques" para podermos compreender os resultados finais de uma atitude de vampirizar.

Conversa normal (números hipotéticos de gasto energético quando se está prestando atenção, com suas devidas alterações, as vezes prestando mais as vezes menos):

9,8,9,10,11,8,8,7,6,10,9... (Resultado hipotético final (somatória energética): 9+8+9+10+11+8+8+7+6+10+9= 95 de energia.

Conversa com toques utilizando os mesmos números da conversa acima (Roubando energias extras através do toque):

9,8,9 (15 toque), 10,11,8,8 (15 toque), 7,6,10 (15 toque), 9...:

9+8+9+15+10+11+8+8+15+7+6+10+15+9 = "140""""

Conseguiu entender por que uma conversa com algumas pessoas nos faz sentir tão esgotados? Enquanto com outras, pode ser até mesmo revitalizante!

Uma pessoa vampírica consegue adentrar um ambiente e ao sair, deixar todo mundo se sentindo péssimo.

Dessa forma, tome cuidado com:

Pessoas que tocam;

Pessoas que falam com a sonoridade decaindo (o tom de voz quase sempre parece ser "de cima para baixo";

Pessoas que fazem muito rodeio para chegar ao ponto central do assunto;

Pessoas que tem caguetes na forma de falar, vícios repetitivos que ficam "roubando sua atenção";

Pessoas que costumam incluir sempre em suas falas, fatores emocionais;

Pessoas que se fazem de coitadas ou vítimas;

Pessoas que te alarmam com coisas pequenas;

Pessoas que dão muito espaço de tempo entre as falas...

Esses são apenas alguns pequenos exemplos de atitudes que possam parecer-nos estranhas e inofensivas, mas que em verdade são práticas vampíricas que nos minam muito a energia.

Acontece que, uma pessoa que sem querer acaba desenvolvendo alguma das muitas possibilidades de vampirizar os outros, quando chega no término de uma conversa, vai embora se sentindo muito bem e satisfeita, como um morcego de barriga cheia.

E isso, mesmo inconscientemente acaba, cedo ou tarde sendo associado aos costumes e trejeitos da pessoa que, por causa do sentimento de satisfação ao fazer o ato vampírico, reforça a continuação dessas atitudes.

Assim como, todas as vezes que essa mesma pessoa conversa sem as tais atitudes, ela acaba indo embora sentindo que "faltou alguma coisa" e isso ocasiona insatisfação ao vampiro. O que reforçará para que ele volte o quanto antes, para as práticas que até então estavam enchendo "sua barriga" energética.

Todavia, eu adentrei essas exemplificações para que você compreenda que tudo é matemático, científico e funcional!

Não existem mistificações.

Dessa forma, vou lhe ensinar uma coisa que em verdade são duas.

Você poderá usar de uma forma, que moralmente poderia ser considerada "má" ou de uma forma que poderia ser considerada "boa", mas a escolha final será sua.

Como eu mencionei na exemplificação do toque para o vampirismo, a ATENÇÃO é uma energia!

Mas acontece que, se você colocar atenção em todo o seu próprio corpo físico ao mesmo tempo, o que poderia exigir algum treino, pelo fato de sua energia não ser infinita, isso ocasionará que todo o seu corpo comece a vampirizar as energias de todo ambiente!

Isso poderia ser uma "técnica de vampirismo" muito potente, que poderia ser aplicada quando se estivesse em locais repletos de pessoas, como um tipo de Haker que rouba dez centavos de milhares de contas bancárias e assim enche a sua conta.

Uma fórmula ainda mais poderosa, seria em meio a uma multidão, você se visualizar como uma <u>lâmpada branca fluorescente</u>.

Visualizar-se brilhando branco e clareando o ambiente a sua volta.

Isso vampiriza prana de todas as pessoas que estiverem a sua volta!

Lembre-se de nunca fazer isso perto de pessoas que você ama, pois isso, com um pouco de tempo e continuidade afetará os pulmões da pessoa, podendo se tornar pneumonia ou quem sabe uma tuberculose, podendo levar a pessoa a óbito, como aconteceu com Edgar Alan Poe, aonde todos aqueles que moravam com ele, acabaram sofrendo esses males, inclusive tendo ele perdido sua esposa para tuberculose.

Mas qual seria a parte boa desse tipo de ensinamento?

A parte boa seria que essa é a melhor forma de dar aquilo que os espíritas chamam de "passe".

A técnica de passe dos espíritas, digo os Kardecistas, já que muitas outras vertentes como, por exemplo, umbandistas, também se consideram "espíritas"; se dá em impor suas mãos sobre uma pessoa e visualizar a ponto de se conectar com a natureza; cachoeiras, matas, rios, etc... Na esperança de que a natureza filtre as energias da pessoa e absorva suas "sujeiras astrais", o que seria mais um tipo de passe para uma tentativa de limpeza do que um passe de energização.

Mas para um passe de energização, para idosos ou pessoas doentes que precisem muito, pode facilmente e de forma muito mais eficaz ser feita através dessa técnica.

Imagine uma mãe de três filhos que esteja precisando de energia para recuperar sua saúde, por exemplo.

Os filhos, de forma consciente poderão ser doadores de energia.

Nesse caso, ficando em volta da pessoa que irá receber energia, um dos filhos deverá visualizar a luz branca fluorescente, mas ao invés de visualizar em si, irá visualizar na pessoa que deverá receber a energia!

Os outros filhos poderão ficar em volta, mesmo sem visualizar nada, apenas para que suas energias sejam drenadas pela pessoa que precisar.

E acredite ou não, isso funciona e muito!

Mas lembre-se sempre, que toda incursão de energia irá fazer os chakras girarem sinistramente, logo, se for tentar fazer isso "para o bem", faça apenas quando for realmente necessário.

Cap. 9 – O vampirismo e a hipnose.

É clássico nos filmes e histórias de vampiros, observarmos que os mesmos possuem um grande poder hipnótico.

Hipnose essa que facilita para eles o trabalho de conseguir alimentação, através de suas vítimas humanas.

Em conjunto com o aparente grande poder de sedução; poder esse que com certeza seria almejado pela maioria dos humanos ditos "normais".

Todavia, não é necessário irmos tão fundo na ficção para observarmos esse tipo de poder, já que o mesmo pode ser visto em meio a nós, de forma até mesmo corriqueira.

Já observou o poder hipnótico ou de sedução que parecem possuir os estelionatários, por exemplo?

Desde aqueles que convencem pessoas a comprar algo que não vale nada, ou um carro defeituoso, ou quem sabe um bilhete "premiado".

Daquele tipo de golpe que, após a pessoa cair, ela mesmo acaba se perguntando: "o que foi que aconteceu para eu cair naquela conversa assim?".

Pensando nos "vampiros" mais próximos que teríamos de nós; os energéticos, chegaríamos à conclusão que a maioria deles são pessoas insuportáveis, do tipo que ao se aproximar, todo mundo que já os conhece acabe querendo fugir do local antes que o indivíduo os veja.

Todavia, os vampiros, mesmo os energéticos "mais especializados", acabam sendo o inverso a isso.

Acabam atraindo para si uma gama de admiradores!

Assim como os estelionatários mais "profissionais" também acabam se tornando pessoas super cativantes, carismáticas, simpáticas que sabem falar exatamente aquilo que as suas vítimas desejariam ouvir.

Líderes religiosos charlatães também entram nesse tipo de categoria.

Pois bem, é interessante notar que esse tipo de artifício, tem como chave primordial aquilo que foi mencionado no capítulo anterior: a invasão do inconsciente da vítima!

De forma curiosa, a maioria dessas pessoas acabam aprendendo a fazer seus truques, mesmo que nem eles próprios imaginem ao certo como funciona aquilo que eles estão fazendo; apenas aprendem instintivamente e continuam fazendo e se aperfeiçoando de forma "semiconsciente".

Todavia, é bastante comum que essas técnicas hipnóticas sejam devidamente estudadas, inclusive por muitas vertentes religiosas para que, aqueles que atravessarem passivamente o seu "passo a passo" não consiga mais se livrar tão facilmente de suas garras.

Irei nesse capítulo, ensinar como funciona alguns detalhes de técnicas hipnóticas, mas não me responsabilizo pela forma que os leitores possam a vir usar tais técnicas, pois assim como uma faca, tudo pode ser usado para coisas úteis e boas, mas também para coisas más.

Nosso inconsciente é algo parecido com "uma parte dentro de nós que tem acesso a fora de nós".

Ou seja, para que você alcance com a sua mente, algo que está "fora de você", o caminho real é "entrar para dentro de si" e não tentar alcançar o "fora" diretamente.

Mas é importante lembrar que todas as suas programações, aprendizados que te motivam, instruções "raízes" que moldam seu caráter e comportamento, estão lá, dentro de seu inconsciente e que esse local deveria ser protegido contra invasões.

Já ouviu falar sobre "sugestão pós hipnótica"?

Seria algo parecido com alguém te hipnotizar e dar a você, a sugestão que: "após você acordar" você deverá abrir o seu guarda chuvas dentro do consultório onde está; e após a pessoa te acordar, você, depois de alguns segundos começar a apresentar algum nervosismo e logo em seguida, abrir o guarda chuvas dentro da sala.

Mas quando você for questionado sobre o "porque" de ter feito isso, você não saber responder.

É mais ou menos isso que um vampiro ou um estelionatário faz com suas vítimas, para que elas confiem neles, mesmo sem saber o porquê, ou que sinta falta deles, ou que voltem a os procurar, ou quem sabe, que acabe entregando bens ou valores importantes.

E isso tudo é feito de forma praticamente despercebida por quem sofre suas induções ou lances hipnóticos.

Para tanto, vou explicar como funciona o passo a passo do processo hipnótico em meio as religiões, para que você consiga compreender suas mecânicas.

Imagine que você entre em um templo, mas que ainda é cedo para começar o culto ou missa e então você escolhe um banco para se acomodar.

Enquanto você espera sentado, uma música suave, lenta e com um volume mais baixo toca no ambiente.

Essa música fará com que o seu cérebro comece a se acalmar e entrar em um estado de tédio.

Depois de alguns minutos, sua mente estará produzindo ondas alfa!

Essas ondas são produzidas ao fazer com que sua mente adentre estados mais profundos e meditativos.

Mas também é a área de sua mente onde a memória, a inteligência, a inspiração, a percepção sensorial e a criatividade atuam!

Em suma, quando alguém abre essa porta em sua mente, criando ondas alfa em você, seria como se ela estivesse tendo acesso a grande parte operacional de seu sistema.

Após esse acesso, um "choque" deverá ser dado em você, para que essa porta não se feche durante o processo.

Algo repentino que exija de você uma atitude mecânica, robótica; como por exemplo, se levantar para cantar.

O ato de cantar também contribui para que a sua mente permaneça em um estado "não pensante" onde você deverá ler algo e repetir o que está lendo em voz, como se já estivesse obedecendo a comandos externos a você.

Também fará com que a sua mente perca um pouco da individualidade e se identifique com a "mente do rebanho" tornando muito mais fáceis processos de aceitações de induções, sugestões e reações emotivas.

Depois de algumas canções, você é instruído a sentar-se e deixar sua mente aberta para ouvir.

Outra chave importante para a hipnose é a "emotividade".

Tudo aquilo que acaba te comovendo, tira suas defesas e te deixa em um pleno estado de aceitação.

O que poderia, por exemplo, ser feito com ajuda voluntária dos próprios participantes, contando fatos emotivos, dramatizações e supostas provas da ação de Deus sobre suas vidas.

Quando a mente da pessoa passou por esses processos, ela estará praticamente escancarada e pronta para receber comandos.

Então vem a "ora da doutrinação". E é por isso que é comum em meio a fervores religiosos, pessoas relatarem terem visto luzes ou algo de cunho "espiritual", como se Deus estivesse ali dando provas; por estarem em profundo estado de hipnose.

Dessa mesma forma, um vampiro poderia abrir a mente de uma pessoa a deixando entediada, impressionando a vítima com algo estranho e repentino como algum tipo de novidade que ele precisasse muito contar ou uma pergunta que ele não poderia esquecer de fazer e após isso contar algum caso interessante ou alguma tragédia ou história emotiva para deixar a vítima "despida mentalmente" e após isso, inundar a mente da pessoa de comandos como: Volte aqui amanhã; você irá gostar muito desse carro que tenho para vender; você poderia dormir aqui em casa nesse fim de semana; se puder fazer aquele empréstimo, eu te pagarei o mais rápido possível; que tal chamar aquela sua amiga para fazermos algo? E assim por diante.

Sugestões aparentemente inofensivas e coisas que talvez você nunca "toparia", mas que quando são ditas da forma certa, te fazem sentir desejo ou confiança suficiente para topar ou quem sabe "fazer uma loucura".

E quando você perceber, já caiu em uma armadilha qualquer a ponto de depois ficar se questionando sobre como você pôde ter sido uma pessoa tão ingênua ou como você não percebeu a intenção real do sujeito.

Assim como muitos líderes religiosos inescrupulosos, convencem suas vítimas a darem bens materiais ou grandes quantias de dinheiro que a pessoa, de maneira nenhuma poderia dispor para comprovar sua fé.

Algumas pessoas são tão boas nisso que se você voltasse até elas para reclamar, elas te convenceriam que você está completamente enganado e muito provavelmente te jogariam em outra armadilha até o final da proza.

Muitos vampiros acabam desenvolvendo grande poder hipnótico, tanto por técnicas quando por possuírem energia abundante, de conteúdo maior do que as ditas "pessoas comuns".

Energia a mais de forma a transpassar algumas barreiras ditas "humanas" podem fazer muitos efeitos até mesmo na mente coletiva!

Uma pessoa que possui muito mais energia, por exemplo, quando chega em qualquer lugar que seja é imediatamente notada por todos os presentes, enquanto pessoas com energias normais ou baixas quase nunca são percebidas.

Por incrível que possa parecer, muitos artistas, atores, cantores, empresários e políticos são vampiros!

Alguns poucos, vampiros reais que perderam sua alma solar e mesmo ainda vivos, tecnicamente falando poderiam serem considerados "mortos".

Estão com suas almas presas em alguma esfera da morte da árvore da morte da cabala judaica.

E suas técnicas hipnóticas são tão evoluídas, que com pequenos trejeitos, caguetes, costumes, "sacadas", até mesmo um jeito de rir poderia induzir as pessoas a sua volta a estados severos de euforia e hipnose.

E por causa de sua excessiva energia, acabam até mesmo se tornando pessoas "viciantes" que quando se ausentam, deixam aqueles que se aprisionaram por sua aura, desejando novamente ter a sua presença o quanto antes.

Acredite: existe muitas coisas que um ser humano pode se tornar ou ser que desafiariam a mente de qualquer sociólogo, psicólogo, psiquiatra ou mesmo líderes espirituais e religiosos.

Por tanto, tome cuidado com quem se envolve, principalmente com aqueles atraentes demais ou aparentemente "inofensivos" demais.

Cap. 10 – O vampiro e a energia noturna.

O clássico vampiro arquetípico, assim como os predadores que se aproveitam da luz da lua e da baixíssima visibilidade para poder atacar as suas presas, se utilizam da noite como sua maior força.

Mas a noite possui, além de poder servir de manto para o vampiro, outros segredos.

Distantes da influência solar e de seu sentimento de proteção, criaturas noturnas parecem ser possuídas por um ímpeto predatório ainda maior do que aquele que já possuem; durante as altas madrugadas, povoando a insegurança, o medo e os pesadelos noturnos de todos os temores gerados pela obscuridade noturna.

As influências ditas solares são ligadas ao labor, as obrigações, ao esforço e a seriedade, tirando com as suas energias as impressões de que o sobrenatural possa realmente existir, já que de dia vemos tudo aquilo que parece ser as únicas coisas "reais" que existe.

Mas a noite, causa em todos nós a impressão de que tudo aquilo que parece ser "impossível", fictício ou inexistente; possa ser real.

Uma porta para que o mistério de tudo aquilo que de dia, todos pensam convictamente não existir, de repente possa se materializar e se tornar real.

Vemos nos filmes e contos, criaturas como vampiros e lobisomens, caminhado sob a lua cheia, mas nos esquecemos que a lua brilha ainda, sob um reflexo da luz solar e que a lua cheia causa um pouco mais de segurança, por causa de sua visibilidade do que as noites que não possuem lua (lua nova).

A lua nova seria algo como "a meia noite da lua", enquanto a lua cheia, poderia ser considerada o "meio dia".

Mas o que poucas pessoas sabem é que em verdade o planeta Terra possui duas luas!

Mesmo que isso nunca seja divulgado ou mencionado, trata-se de um asteroide de número 1181 de nome "Lilith" que diferentemente de nossa visível lua, circunda a Terra a uma órbita pouco maior de quatro anos.

Lilith é uma referência a primeira mulher de Adão, que teria sido feita do barro junto com ele (vide Nos bastidores de Adão e Eva – Alberick Stelian) e que por não se submeter aos caprichos ditos "machistas" de Adão, teria sido a primeira a ser expulsa do paraíso.

Lilith é considerada como uma espécie de "rainha do inferno" em conjunto com Nahemah sendo também uma espécie de vampira e mãe dos abortos.

Afirmam os gnósticos que esse asteroide; essa nossa segunda lua é um astro de grande densidade e que a sua influência sobre a humanidade é a responsável por abortos, adultérios, pedofilia, incestos, assassinatos, homossexualidade, masturbação, dentre outras influências.

Ou seja, a lua que deveria ser mostrada exercendo influência sobre um licantropo (lobisomem) para que o mesmo se transformasse, ou a lua que influenciaria vampiros a efetuarem seus ataques noturnos, deveria ser Lilith e não a nossa lua "comum".

Espiritualmente falando, Lilith, o asteroide também é uma espécie de prisão para inúmeros espíritos tenebrosos e infratores terríveis das leis cármicas.

Não que durante o dia esses astros não emitam as mesmas influências do que a noite, mas durante o dia, debaixo da influência solar que é imensa, as outras influências são muito menos percebidas do que essas influências "puras" vindas durante a noite, principalmente em noites de lua nova onde a influência solar é menor ainda.

Além das influências de Lilith, não podemos nos esquecer que a noite é ligada a "forças do caos" enquanto que de dia, sob o sol a energia predominante é a energia da "ordem".

A energia do caos é ligada a festas, vícios, bebedeiras, sexo desregrado, bagunça, sujeira, desordem, brigas...

Assim como também esse tipo de força caótica possui em si, diferentemente e de forma oposta a energia solar, um sentimento de solidão, porém de liberdade como um tipo de impressão inconsciente que aquilo que você fizer durante a noite não será visto ou comentado durante o dia.

Como se fossem vidas separadas.

Sendo bastante comum, pessoas serem trabalhadoras e responsáveis durante o dia e durante a noite se tornarem pessoas diferentes quando estão se sentindo "livres" e alcoolizadas em uma festa qualquer.

O que também facilita o acontecimento de crimes, roubos, sequestros, abusos sexuais, violências, gritos, confusões e badernas de todos os tipos.

Um ambiente propício para que um vampiro possa, caminhar e conseguir suas presas em meio a predominância do caos.

Em meio a ambientes escuros, caóticos, desregrados aonde ébrios e desprotegidos, aptos a aceitar convites obscuros estão a mercê para o alcance e contato direto de qualquer "estranho simpático".

Quanto mais escuro, caótico, estranho e desprotegido for um ambiente, maior será as chances de que se encontre algum tipo de vampiro, se fingindo de igual entre os transeuntes, pronto para levar para uma emboscada os incautos que eventualmente ele possa encontrar pelo caminho.

Como aranhas em um ambiente sujo e empoeirado.

Porém existem outros segredos "dentro do escuro".

Segredos sobre o escuro também ser um tipo de "matéria" e que vampiros "reais" possuem poderes para poder adentrar o escuro, como um tipo de acesso a um reino sombrio paralelo "repleto de pernilongos dentre outros parasitas".

Assim como se esconder aos olhos humanos, como um predador que espreita dentro de sua toca, até que a vítima possa passar por ele e de repente ser capturada sem com que ninguém que esteja próximo consiga ver ou perceber.

Cap. 11 – Vampiros da magia.

Era comum em histórias que até hoje são contadas em alguns livros, que mencionavam as terríveis bruxas da idade média, em meio a pactos com demônios e feitiços dos mais diversos, afirmarem que bruxas podiam se transformar em lobisomens ou criaturas semelhantes.

Usando de feitiços ou da ajuda do próprio diabo para conseguirem sangue ou para rapinarem algum recém-nascido.

Fórmulas mágicas como se utilizarem de um cinto, feito de couro de lobo para se transformarem ou beber água em uma poça que um lobo havia bebido em noite de lua.

Conjurações, unguentos feitos de ervas misteriosas ou mesmo alucinógenas, cogumelos venenosos...

Vilarejos sendo assombrados por algum tipo de criatura carnívora e sedenta de sangue.

Se fôssemos nos perguntar nos dias de hoje, para que, uma mulher gostaria de se transformar em um monstro qualquer, pensaríamos, no caso das bruxas se tratar da necessidade de sangue, carne humana ou quem sabe a energia abundante de uma criança para poderem efetuar algum dos muitos feitiços da alta magia negra ou quem sabe como paga para o próprio demônio em troca de algum de seus terríveis favores.

Todavia, mesmo que nos dias de hoje muitas pessoas "urbanas" sejam descrentes sobre a existência de bruxas, feiticeiras, magos e toda a categoria de pessoas envolvidas com práticas ocultas, essas pessoas existem e são bem reais.

É claro que o mundo também é repleto de charlatães que acabam por espalhar a descrença.

Mas é muito raro existirem pessoas, em níveis mais altos de magia, como aqueles que eram relatados na idade média, aonde um feiticeiro poderia se tornar tão maléfico a ponto de, após a sua morte poder se tornar algum tipo de criatura pestilenta "não-morta".

Enquanto nos dias de hoje temos "bruxas" de alecrim; na idade média tínhamos bruxas que comiam carne de cadáveres ou que levavam embora suas cabeças para escravizar seus espíritos.

Assim como necromantes reais também são muito raros nos dias de hoje, pois esses segredos foram muito bem escondidos ou eliminados (monopolizados) pela peneira da santa inquisição.

A necromancia é tão real que fora mencionada em algumas partes bíblicas, assim como mencionada suas proibições por parte divina e suas possíveis consequências e castigos.

Mas estamos falando aqui de necromancia real, do tipo que faz acordar um cadáver para se obter informações ou quem sabe, fazer encantamentos.

Acontece que, mesmo nos dias de hoje aonde a baixa magia poderia abundar, os seus praticantes geralmente são assíduos adeptos do vampirismo energético.

Isso se dá pelo fato de que, tudo o que uma pessoa for fazer, seja em quesitos "químicos" ou mentais/espirituais; todas as práticas acabam exigindo e consumindo muita energia de quem o faz.

Todavia, os humanos feliz ou infelizmente já nascem com sua cota energética para aproximadamente 120 anos e toda a sua reserva energética fica depositada "na nuca".

Tudo o que fazemos, desde fumar um cigarro, tomar um remédio para a dor ou consumir um copo de bebida alcoólica; ou seja, tudo que "tem um efeito" consome nossa energia vital (tempo de vida) para que o efeito possa acontecer.

Um medicamento ou substância não vem com a energia para funcionar em si, mas apenas com seus princípios ativos, sendo "consumidores de energia".

Em suma, imagine só uma pessoa que faz suas práticas mágicas/ocultas por anos a fio, consumindo a cada vez sua energia vital para poder conseguir seus efeitos, o quanto de tempo de vida estaria consumindo?

Ela precisaria conseguir repor essas energias ou quem sabe, conseguir energia antes da prática mágica para poder alcançar resultados e para tanto, na maioria das vezes, apenas o vampirismo poderia sanar essas pessoas.

Em um tipo de ciclo vicioso, aonde uma prática levaria obrigatoriamente a outra, formando uma cadeia de eventos.

Ainda assim, existem "boatos" sobre rumos que a magia poderia levar os seus praticantes, onde em determinada fronteira, em determinado limite mágico humano, para que um praticante pudesse chegar a níveis mais altos e poderosos de magia, os mesmos teriam obrigatoriamente que "se transformar" em outra categoria de ser e dessa forma, ter acesso a níveis de energias mais altos, animalescos, terríveis para conseguirem feitos ainda maiores.

Caso você não conseguisse ou não desejasse atravessar essa fronteira de um humano para uma criatura, então o seu nível de magia ficaria estagnado nessa divisória.

E todos nós sabemos que o saco da ganância não tem fundo, seja ele financeiro, de autoridade ou poder.

Logo, vampiros "reais", lobisomens dentre outras possíveis categorias de seres estariam intimamente ligados ao satanismo real, a feitiçaria e a magia.

Cap. 12 – As nuances do sangue.

Acredito que todos que acompanham histórias e lendas vampirescas pensam que o sangue é uma "fonte de vida".

Que o segredo da imortalidade provém da absorção de vida das vítimas do vampiro, exclusivamente através do sangue.

Mas se um humano experimentar beber sangue de outro humano, não perceberá diferença alguma visível em sua vitalidade, regeneração ou qualquer outro dito "poder" que o vampiro possa apresentar em suas lendas.

O sangue "vivo" quando ingerido, não passará pelos mesmos processos internos de um alimento comum, podendo inclusive, atravessar as paredes do estômago e invadir o sistema de quem o ingerir, quem sabe não de maneira danosa.

Fora o risco de a pessoa beber um sangue que seja incompatível com o seu e acabar sofrendo alguma reação orgânica bastante desagradável.

Quem sabe não, ser contaminado por alguma doença de seu doador!

Dessa forma, aparenta-nos o grande segredo do sangue estar na necessidade da tal "transformação" do vampiro, como se o nosso organismo humano "comum" não tivesse, na verdade, capacidade de absorver o que o sangue teria a nos oferecer e por esse motivo, não surtisse nenhum efeito almejado com o seu consumo.

Mas, de tudo aquilo que já li e estudei sobre o sangue, algumas coisas interessantes foram absorvidas por mim.

Por exemplo, o mistério do sangue é tão interessante que em experimentos antigos, descobriram que um cadáver de dois ou três dias de "morto", quando extraíram o seu sangue o mesmo ainda estava apto a uma transfusão!

Parecia que ainda o sangue continha "vida" ou a força que o faz "funcionar" como sangue, não tendo ele deixado de "funcionar" com a extinção da vida de seu portador.

Porém, com muito mais estudos e pesquisas, descobri que o grande "poder" do sangue em verdade é que ele, como líquido, é uma das coisas mais MAGNÉTICAS que já vi.

O sangue funcionaria como as raízes de uma árvore e é essa "raiz magnética" que parece nos segurar dentro de nosso corpo físico e não permitir que morramos facilmente.

O câncer, por exemplo, é uma doença que surge em um organismo, em algumas de suas vertentes, quando esse organismo é desmagnetizado o suficiente.

Cigarro, bebidas alcoólicas, dentre outros muitos maus hábitos, com o tempo acabam desmagnetizando locais como pulmões, garganta, estômago, rins, fígado e com isso acarretam inevitavelmente doenças nesses locais.

Logo, a pergunta que poderíamos fazer seria: será que o magnetismo colocado em nosso sistema, em quantidade bem maior do que aquela que nascemos naturalmente, poderia ao longo dos anos ter o poder de "segurar" mais vida em nós?

Quem sabe nos regenerar mais rápido de ferimentos ou nos curar de doenças?

Muitos estudos novos que utilizam ímãs de neodímio para curar ferimentos ou efetuar tratamentos, afirmam que sim.

Pensando mais a fundo, lembramos que o magnetismo animal, o mesmo que era usado por "Mesmer" para curar escleroses dentre outros males, por todos os estudos que fiz realmente possuiria o poder de curar.

Mas um magnetismo "maior" acumulado em um só objeto ou ser, teria o poder de "atrair" ou mais profundamente "sugar" energia vital externa.

Estudos mais profundos de histórias e lendas antigas nos dizem que nos locais que haviam "vampiros reais", essa presença era sempre notada, pois não era só o fato de pessoas sofrerem ataques noturnos e relatarem seu pavor nos dias seguintes.

O que acontecia era que um vampiro em um ambiente trazia junto de si, doenças nos locais, assim como também a morte de animais domésticos, gado e plantações.

Em suma, o magnetismo de uma criatura dessas, de um verdadeiro cadáver ambulante seria tão grande, como uma espécie de "buraco negro" que sugaria energia de tudo ao seu redor incessantemente a ponto de enfraquecer as pessoas da região, assim como também matar o gado, as plantações e vegetações em um grande raio de distância.

Magnetismo esse tão grande a ponto de não permitir que a luz que o tocasse, pudesse sair de si para gerar reflexo no espelho!

Conseguiria imaginar tal poder magnético?

Não é tão difícil de se imaginar.

Quando uma pessoa doente ou muito triste, que acaba por isso se tornando um certo "sifão" energético temporário ou mesmo um vampiro de energia que já faz isso, mesmo inconscientemente a muitos anos, ao se aproxima de nós; não é raro sentirmos a sensação de "frio na barriga", medo, desconforto, sono com repetidas "abrições de boca", dentre outras manifestações de "mal estar".

Agora imagine no caso de um "morto-vivo" de verdade estar em uma cidade ou localidade!

Fora o fator de um "medo coletivo" baixar em muito a vibração de todo o local, em conjunto com os sentimentos ruins gerados pelas tragédias de perdas de animais e doenças misteriosas surgindo na população.

O que deveria ser o "clima comum" da idade média, em meio a pestilências, pobreza, sujeira, doenças...

Mas para resumirmos esse capítulo, acredito eu que o lance real do vampiro em relação ao sangue seria a forma de "sugar a alma", a energia vital, o prana de suas vítimas em conjunto com a absorção do magnetismo do sangue da vítima.

Como se o mesmo se utilizasse do magnetismo ingerido para junto com ele, sugar a "mônada divina" que está ligada a cada um de nós.

Ai sim ele se encheria de "vida", mas sem nos esquecer que o vampirismo é uma doença aonde o seu portador não pode e não consegue mais absorver a luz solar de forma direta, como todos nós conseguimos e por isso, tal criatura acaba sendo obrigada a se adaptar para sobreviver de outras formas.

O que poderia se tornar, mesmo de forma bastante tenebrosa, um tipo de "bônus" para quem perdeu para sempre, a chance de retornar um dia para a luz.

Cap. 13 - Adrenochrome (Óxido de adrenalina).

Uma nova temática, talvez "conspiracionista" surgiu a tempos atrás, acusando a alta elite mundial, assim como alguns políticos, cantores, artistas e atores de estarem fazendo o uso de uma substância chamada Adrenochrome ou óxido de adrenalina.

Dizem que essa substância é vendida por preços estratosféricos para apenas uma classe ultra privilegiada que teria poder financeiro ou influência suficiente para poder ter acesso a essa substância e que essa substância em particular teria o poder, não só de impedir o envelhecimento, mas também de rejuvenescer os seus usuários.

Daquele tipo de pessoa que todo mundo olha e não acredita em como a pessoa aparenta ser jovem, já em idade bastante avançada.

Um tipo de "juventude" que não se compara a qualquer tipo de cirurgias plásticas que uma pessoa pudesse se submeter, independente de quão bom fosse o cirurgião.

Todavia, o assustador dessa história em verdade seria a forma com que essa substância é obtida, assim como as circunstâncias envolvidas em seu consumo, já que se procurarmos na internet poderemos encontrar essa suposta mesma substância a um preço acessível, todavia que se consumirmos não nos dará os efeitos esperados.

O que faz com que muitas pessoas desacreditem por completo dessas afirmações dos supostos conspiracionistas.

Afirmam os mesmos, inclusive tendo alguns misteriosos "relatos" de supostos participantes girando pelas redes sociais, que essas "altas elites" participariam de rituais satânicos onde crianças seriam o grande alvo para a extração do Adrenochrome.

Mas para se poder produzir esse "óxido de adrenalina", primeiramente é necessário submeter a vítima a horas exaustivas de torturas, terror psicológico, dor, medo, tristeza, pânico...

Estados esses que só poderiam ser alcançados com eficácia, sob terríveis abusos e torturas, para que, quando o sangue estivesse saturado de adrenalina, o adrenochrome pudesse ser extraído com a ajuda de uma agulha, em uma glândula que fica dentro da cabeça (pineal/pituitária).

Também afirmam que o sangue da vítima, repleto de adrenalina e possivelmente também repleto de óxido de adrenalina, também é ingerido pelos participantes, conferindo a eles a mesma jovialidade e poder regenerativo que vemos nos filmes de vampiros.

Além de ser alucinógeno e que dizem ser capaz de conferir "poderes psíquicos".

Baseando-nos nessas teorias da conspiração, mas observando as mecânicas desses processos, poderíamos chegar a conclusão, caso fossem reais essas afirmações, que nisso poderia estar contido os segredos do "porquê" de se beber sangue de doadores não gerar os mesmos efeitos desejados que seriam alcançados pela atuação de um vampiro.

Oras, imagine uma pessoa em um beco qualquer ou mesmo dentro do próprio quarto que repentinamente pudesse sofrer um real ataque de um vampiro!

Uma pessoa sendo surpreendida por um aparente "humano", todavia com presas, atacando e perfurando com fúria a sua garganta...

Provavelmente a sensação de morte iminente, o "não acreditar" que tal fato pudesse estar acontecendo, mesmo que a vítima pudesse pensar se tratar de um louco ou maníaco, com certeza elevaria os níveis de adrenalina e estresse na vítima, suficientemente para gerar o Adrenochrome.

O que consequentemente poderia gerar longevidade e juventude no ser que sorvesse esse sangue.

Interessantemente, os mesmos conspiracionistas que afirmam que a alta elite se utiliza dessa substância, também afirmam que o Adrenochrome é ALTAMENTE VICIANTE!

Mais um fator que poderia ser facilmente associado ao vampiro, já que todos os simpatizantes da temática conhecem ou já ouviram falar sobre a "sede" que o vampiro sente, que ao longo dos anos só aumenta e o faz perder completamente o controle quando ela chega.

O vício no Adrenochrome! Aumentaria a cada ataque, se tornando mais e mais forte com o tempo e tornando com isso o seu usuário mais e mais dependente de tal substância a ponto quem sabe, de torna-lo um animal recluso em meio de uma floresta por não poder mais sobreviver em meio a sociedade sem acabar sendo capturado, preso ou morto.

Quem sabe não, em passados remotos algum humano por qualquer motivo que seja; por uma briga ou quem sabe em uma atitude de ódio ou sobrevivência, acabou atacando outro humano a ponto de gerar condições suficientes para produzir um viciado em Adrenochrome que acabou evoluindo a pontos terríveis e que esse mesmo tipo de situação não foi uma das responsáveis por gerar ou fortificar o "mito do vampiro".

Cap. 14 – O paraíso satânico.

No livro bíblico vemos partes que são bastante intrigantes como por exemplo, a parte da tentação do cristo no deserto aonde supostamente, Satã o teria tentado por quarenta dias.

As partes intrigantes dessa passagem bíblia se encontram onde Satã teria pedido para que Jesus ajoelhasse e o adorasse pois: "todos os reinos da Terra" seriam dele se assim o fizesse.

Dentre outras partes que direta ou indiretamente nos afirmam que "o mundo jaz no maligno".

A diferença entre uma coisa e outra é que, se o tal "reino dos céus" só poderia ser obtido com a negação completa do reino da Terra, isso nos deveria querer dizer que a contraparte do paraíso celeste só poderia ser obtido aqui em nosso planeta e não no inferno, já que aqui também pertenceria ao mal como um tipo de extensão ao reino das trevas.

Mas a primeira coisa que nos viria em mente seria: nossa vida é curta demais para competir com um paraíso celeste, que supostamente seria "eterno".

Mas... Nossos pensamentos poderiam mudar caso a possibilidade de se tornar um vampiro real existisse.

Como nos são retratados nos filmes, os vampiros clássicos que não são nômades e nem pertencem a algum tipo de "raça da floresta ou caverna", são sempre portadores de muitas riquezas e "aristocratas".

Reformulando nossos pontos de vista, racionalmente pensando, a contraparte exata a oferta celeste de um paraíso eterno de paz, calmaria e felicidade com certeza seria a vida vazia, cheia de violência e tormentos, todavia com toda a riqueza e prazeres carnais que a Terra poderia nos fornecer, porém, acompanhada da vida eterna!

O prêmio máximo de satã!

Mas assim como seria, na dificuldade celeste para verdadeiramente conseguir o paraíso, assim da mesma forma, a dificuldade para se conseguir o paraíso satânico seria equivalente.

Acreditar que se vai para o céu apenas por cantar músicas em uma igreja ou fazer algumas caridades, seria o mesmo que acreditar que irá se tornar um vampiro apenas por cometer alguns assassinatos ou crimes.

Mas claramente, a verdade estaria imensuravelmente mais distante e misteriosa do que acreditam as mentalidades medianas.

Vlad Tepes teria se tornado um vampiro pela crueldade de matar e empalar os seus adversários, umedecendo pães em seus sangues enquanto definhavam ou ele teria empalado e observado em regozijo por três ou quatro dias até que morressem os empalados em tamanho sofrimento, sorvendo pães embebedados em seus sangues por que já era vampiro?

Se observássemos a natureza poderíamos facilmente constatar que quanto mais retroagimos espiritualmente dentro de seus reinos: animais, vegetais e minerais, mais a vida demora para se extinguir.

Em melhores palavras, nos reinos animais nem tanto, mas nos reinos dos insetos e das plantas já poderíamos conceber a ideia do quanto se demora para morrer!

Sabe quando você tenta matar uma barata e ela, mesmo com partes esmagadas ou arrancadas ainda se move como se estivesse viva? Ou quando tenta matar uma aranha e ela também parece não querer ou não conseguir morrer tão facilmente?

Agora imagine uma planta, o quanto demora para morrer! Mesmo arrancada suas raízes, cortada em pedaços, essa ainda parecerá perder sua vida ao longo de horas, dias ou quem sabe meses ou anos até que verdadeiramente pareça estar "morta".

Imagine-se vivendo como uma árvore, e ver alguém te lenhando e depois disso te fatiando parte por parte e você, sem conseguir morrer ter que presenciar e vivenciar isso por dias seguidos!

Quanto mais "denso", mais "magnético" mais se demora para morrer, isso é fato.

Mas o cume de toda a densidade, de todo magnetismo, seria ser "avatarizado", possuído, encarnado pelo próprio espectro de Satã que é um ser imortal por natureza!

Todavia, completamente ligado à sua natureza selvagem, primitiva, animal, cruel, sanguinária...

Ao contrário do que seria um "avatarizado" da alma crística solar, um "iluminado", um "trabalhador da divina providência", um avatarizado por Satã a um nível posterior (mais profundo) à nossa sombra, seria um operador da morte sobre a Terra. Um trabalhador da providência satânica, predadora, mortal, animalesca, terrena!

O mais próximo que teríamos disso, seriam os famosos mundialmente "seriais killers", que parecem terem se abdicado de suas vidas particulares e de todos os significados da vida social e familiar para se tornarem exclusivamente operadores do mal sobre a Terra.

Ainda assim, mesmo com suas assiduidades religiosas, os mesmos após findarem suas carreiras monstruosas nessa vida, não conseguiram o "prêmio máximo" satânico.

Não se tornaram verdadeiramente imortais.

Não manifestaram suas sombras fisicamente como espectros noturnos.

Não assombram mais os locais em que residiram.

Não se tornaram "vampiros"!

Em suma, o paraíso satânico seria para nós, mortais errantes, gananciosos; um paraíso de prazeres terrenos de todos os tipos, ao nível em que vivia "Dórian Gray" (filme: o retrato de Dórian Gray de Oscar Wild), com recursos financeiros ilimitados, como o próprio Vlad de "O drácula de Bran Stoker", que conseguia converter as lágrimas de Mina (Winona Ryder) em diamantes, sem medo da morte ou da dor, mas inevitavelmente emergido em solidão, tristeza, morte, vazio... Sentimentos que seriam os opostos dos sentidos em um paraíso celestial.

O misterioso caminho cheio de segredos para a "*Opus magnun Satanae*".

O morto que vive!

Cap. 15 – Vampiro, o humano sem máscaras, de personalidade mascarada.

Em questões psíquicas seria a nós interessante analisar as grandiosas diferenças possíveis entre um vampiro real e um vampiro romantizado pelas telas dos cinemas dos dias atuais.

Pensar em vampiros emotivos que "brilham" sob a luz do sol como fadas em contrapartida com os clássicos monstros mortos-vivos é no mínimo hilário e por que não dizer, uma degradação de todo um gênero inspirador de tempos remotos.

Por um simples pensar em termos espirituais, sabemos que tudo aquilo que poderia nos tornar "humanos", seria dado a nós através de nossa alma solar.

Sentimentalismos, compaixões, comoções, amor ao próximo, culpas, remorsos ou um simples "deixar para lá", perdoar, sentir que "essa pessoa não merece" dentre inúmeros outros atributos só são possíveis a nós graças à intervenção de da alma crística solar, que serve como um norte para as tais "boas condutas".

E é claro que a primeira coisa que aconteceria no caso de uma transformação "real" em um morto-vivo, seria justamente perder todo e qualquer contato com a vida, o sol e inevitavelmente, nossa alma.

Os hindus chamam o fio energético que nos liga a nossa alma de "Antakarana".

Fio esse passível de ser quebrado conforme a atitude terrível e criminosa que um humano possa cometer com os seus semelhantes.

É o mesmo que acontece com aqueles que nasceram normais e que por alguma eventualidade do destino, acabaram se transformando em um "serial killer".

Em um depoimento de um dos muitos famosos seriais killers do mundo, que nessas condições nasceu como uma pessoa normal, o mesmo afirmou que um belo dia, talvez por ouvir algum barulho, o mesmo adentrou em uma construção e viu um homem abusando sexualmente de um garoto.

Em um acesso de fúria e indignação absolutos, este homem ao ver a cena grotesca de abuso que estava ali dentro acontecendo, acabou matando o abusador.

Interessantemente, este novo "assassino" contou que, no momento em que cometeu o assassinato, sentiu dentro de seu cérebro algo semelhante a uma vidraça se quebrando e estilhaçando seus vidros e disse que a partir desse acontecimento, sua natureza havia mudado.

Ele passou a sentir a necessidade de matar!

Se tornou semelhante a um animal predador que de tempos em tempos, por verdadeira necessidade tinha que matar.

E a cada ato de assassinato que cometia sentia mais e mais prazer e seu vício também crescia!

E é justamente isso que acontece quando um ser humano perde o vínculo com sua alma solar.

Toda a natureza selvagem e voraz humana que deveria ser a única coisa que os humanos possuíam realmente, aflora com uma força crescente.

Todo o sentimentalismo, pena, piedade, compaixão e toda a visão que até então a pessoa possuía sobre enxergar outro ser humano como seu semelhante, simplesmente deixam de existir.

Ele se torna algo que é chamado em alguns meios de "animal da Terra", vivendo em egoísmo absoluto e em busca de apenas saciar a si mesmo e todos os seus ímpetos animalescos.

Como um tipo de animal especializado humanoide, que provavelmente seria o que todos os habitantes da Terra sentiriam caso não houvessem as intervenções citadas em capítulos anteriores.

Logo, para qualquer estudioso de leis espirituais se tornaria risível assistir a um "morto-vivo" se apaixonando pela garota do colégio, demonstrando arrependimentos por ter matado outros seres humanos, ou quem sabe, como uma espécie alternativa de vegano, acabar se alimentando apenas de sangue de sub espécies por qualquer tipo de "consideração com a raça humana".

Mas é claro que, como qualquer verdadeiro psicopata que existe no mundo, um vampiro teria sim que se esconder e dissimular ao máximo seu comportamento, inclusive fingindo possuir sentimentos que jamais sentirá novamente, apenas para poder enganar, atrair e predar mais daquilo que ele precisa e nada mais.

Teria que reaprender a ser um "ente social" de forma mais parecida com a real possível para poder se camuflar em meio a sociedade a ponto de que jamais ninguém acreditasse que aquela pessoa pudesse ser um predador.

Logo, todas as características apontadas em quem se tornou verdadeiramente um psicopata, inclusive o seu egoísmo absoluto, individualismo, desfaçatez e todo tipo de atributos de dissimulação e falsidade seriam encontradas na personalidade de um verdadeiro vampiro.

Um ser que em verdade só pensaria em sua própria subsistência, preservação, segurança e bem estar em absoluto, passando por cima e assassinando todo e qualquer cidadão que pudesse atrapalhar o seu caminho.

Todavia, tomando todo cuidado para jamais ser descoberto e para isso, podendo se fingir e disfarçar de qualquer tipo de pessoa, seja ele um religioso, filantropo, moralista, caridoso, piedoso ou o que precisasse.

Em meio as pessoas ditas comuns da sociedade, já é bastante comum pessoas serem dissimuladas, fingidas, hipócritas, falsas moralistas, falsos religiosos, apenas para manterem contato com grupos sociais ou seu ciclo de amizades em um serviço.

Pessoas comuns também são dissimuladas e não pensam muito para fazerem algo que poderia ser considerado desonesto ou imoral para poderem se camuflar e se esconder de quem verdadeiramente são.

Se colocássemos isso em uma escala muito maior, que exige extremo cuidado para poder sobreviver de verdade, não ser cassado ou exterminado, o nível de psicopatia, sociopatia e dissimulação social chegariam a níveis assombrosos em um vampiro.

Já conseguiu sentir, estar na presença de alguma pessoa que não teria nenhum tipo de consideração, respeito, compaixão ou sentimento de ajuda para contigo?

Já viu a frieza absoluta nos olhos de alguém que te observava?

Já sentiu o mesmo tipo de "gelo no estômago" estando na presença de alguma pessoa, que sentiria caso estivesse sozinho em uma floresta na presença de um lobo ou tigre?

Já consegui algum dia sentir em alguém a presença completamente estranha e rude, observando uma figura que deveria ser um ser humano, mas que parecia não ser?

Já sentiu a morte dentro dos olhos de alguém?

Então, reflita bem sobre o que poderia ser um "predador humano", um predador de humanos ou melhor dizendo, um VAMPIRO!

Cap. 16 – O anti-estado de Jinas

Os gnósticos, que creem que a única forma de livrar os humanos de todos os sofrimentos que o "existir" nos proporciona e que também comungam a ideia de que existe em todos nós, um princípio "imortal" que transcende o próprio ser humano, costumam mencionar em seus textos o "estado de jinas".

Esse estado em particular se daria com longos anos de práticas específicas ditas "religiosas" (segredos sobre o tantra "branco") que faria com que nós nos preenchêssemos de luz.

Após adquirir em si uma quantidade muito elevada de "luz" plastificada, a ponto de essa permear todas as nossas células; isso ocasionaria algo como o aumentar da velocidade giratória de nossas células a ponto de as mesmas ultrapassarem a velocidade da luz.

O que aconteceria a seguir, seria que, após estarmos com a velocidade acima da nossa própria realidade física, houvesse uma transmutação que jogaria o corpo físico em questão na quarta dimensão.

Caso o adepto após conseguir esse feito, conseguisse retornar ileso à terceira dimensão, ele então entraria no tal "estado de Jinas" e seu corpo não seria mais o corpo carnal mundano e comum que todos possuímos.

Esse estado de Jinas seria o responsável pela capacidade de muitos poderes, como ficar invisível, atravessar paredes, caminhar sobre as águas, se teleportar, dentre tantos outros e seria isso que teria acontecido com o personagem Jesus que após subir ao monte, teve sua face iluminada como o sol e possuía poderes diversos.

Poderes esses que seriam passíveis de serem alcançados por todos aqueles que buscassem com afinco o domínio desses segredos.

Mas o que ninguém nunca ouviu falar e jamais foi mencionado anteriormente, seriam as possibilidades de existir uma versão invertida desse processo, já que, como afirmado anteriormente, tudo em nosso universo é dual e "espelhado".

Então vamos tentar compreender como seria esse processo quase "divino", quando efetuado de forma invertida.

Em primeiro lugar, isso deveria ser obtido por religiões satânicas ou práticas tenebrosas que seriam "criadores de sombras", em oposição aos acumuladores de luz plastificada.

A criação de sombras e sua consequente densificação é algo muito real e um segredo muito bem guardado, todavia que volta e meia ocorre na história da humanidade "sem querer".

Quando por exemplo algum senhor de engenho ou fazendeiro muito mau, daqueles que existiam em passados remotos em vários países do mundo, que costumavam castigar até a morte os seus escravos e acabavam, depois de anos a fio de maldade extrema em suas fazendas, deixando o lugar assombrado (cheio de sombras).

Interessante observar que, como é muitas vezes relatado em documentários dos mais diversos; uma vez que uma residência ou terra adquire esse tipo de "sombra", essa nunca mais se dissipa, ocasionando de muitas vezes terem que acabar destruindo o imóvel, já que todos que ali residirem sofrerão os efeitos nefastos de todo o terror criado no local.

Como tipos de vampiros que ao invés de se alimentar do sangue dos moradores locais, acaba gerando terror para se alimentar do medo gerado pelos habitantes, aumentando em consequência a sombra que o gerou.

De formas semelhantes, um criador de sombras teria que aumentar sua sombra, ainda em vida até que a mesma acabasse permeando também todas as suas células; todavia fazendo com que a velocidade de sua rotação reduzisse ao invés de aumentar, até transpassar a velocidade densa de um cadáver.

Dessa forma nasceria um verdadeiro "morto-vivo"!

Todavia, diferentemente do estado de Jinas, aonde o corpo físico é sutilizado a ponto de poder atravessar matérias, neste estado invertido o corpo seria densificado (tornado denso) e não apenas ele: a sombra chegaria a um nível de densidade que poderia se manifestar fisicamente!

Como acontece nas histórias onde em algum hipotético vilarejo que é atormentado por algum lobisomem, o mesmo quando ferido no campo e desaparecendo, transfere para o corpo físico de quem o controla o ferimento, no mesmo local em que havia recebido.

Da mesma forma em que as lendas dizem que um vampiro pode se transformar em névoa, em enxames de insetos, atravessar fechaduras, mudar sua forma física para algum animal, etc...

Isso se dá pelo fato de em verdade, tanto vampiros quanto lobisomens aqui no nosso plano tridimensional, serem apenas espectros de sombras manifestas e não propriamente um corpo físico que se transforma a ponto de se desmaterializar em névoas.

Sendo que, a única forma de se poder destruir tal espectro, seria destruindo por completo o corpo físico de quem o controla, pois quase nada poderia ferir tal entidade a não ser um metal de vibração equivalente a esfera em que o espectro pertence; no caso, a lua! A esfera logo abaixo da nossa, como é relatado no livro "A divina comédia" de Dante Alighieri que diz que a esfera logo abaixo da nossa é a esfera da lua, mais conhecida como "necrópole" ou "a cidade dos mortos".

Seguindo essa lógica, compreendemos o porquê é insistentemente relatado nas histórias e ficções que apenas a prata poderia ferir tais entidades, sendo que a prata é o metal da lua, em contrapartida com o ouro que é um metal solar.

Enfim, toda história que nos foi contada poderia sim possuir "um fundo de verdade".

Quem sabe não, todas as lendas são muito mais reais do que poderia supor a nossa vã filosofia!

Deixo a cada um essa reflexão e esse livro como uma sutil colaboração a esse tão romantizado arquétipo: O VAMPIRO!

Se você gostou desse livro, não perca a oportunidade de conhecer outros conteúdos e segredos revelados, tanto em meus livros https://alberickstelian.wixsite.com/meusite quanto em nosso canal Desdogmatize no youtube!

Meu muito obrigado!